吸血鬼は殺し屋修業中

赤川次郎

集英社文庫

イラストレーション／ホラグチカヨ
目次デザイン／川谷デザイン

吸血鬼は殺し屋修業中

CONTENTS

吸血鬼は殺し屋修業中

吸血鬼は殺し屋修業中

ボーイフレンド

「あ、忘れた！」

電車に乗ってすぐ、橋口《はしぐち》みどりは声を上げた。

「どうしたの？」

一緒にいた大月千代子《おおつきちよこ》が目を丸くして、

「大切なもの？」

「うん。――降りる、私！」

電車が時間調整か何かで、まだ停まっていたのである。

「でも、みどり――。ちょっと！」

みどりがホームへ出て、さっさと行ってしまうので、千代子もあわてて電車を降りた。

みどりがホームから階段を下りていく。

「みどり！　待ってよ」

千代子は階段を下り切ったところで、やっとみどりに追いついた。

「千代子も降りたの？」

「何よ。一人でどんどん行っちゃうから――。どこに行くの？」

「公園」

「公園って？」

「さっきまで、彼といた所」

千代子は眉をひそめて、

「まさか、『彼』を忘れてきたとか言わないよね」

「彼とは改札口でちゃんと別れた」

「ならいいけど……。じゃ、公園に何しに行くの？」

「ベンチにケータイ忘れてきた！」

と、みどりは言った。

「ええ？」

ケータイを他の人に拾われたら、何かと面倒だ。仕方なく、千代子もみどりに付き合って駅を出た。

——秋の気配も濃くなって、夜も十時過ぎると風が少し冷たい。

橋口みどり、大月千代子は大学生。——かの吸血鬼を父に持つ神代《かみしろ》エリカと、高校時代からの仲のいいトリオである。

今日はエリカが用事でいない。

本当なら、みどりと千代子、二人で映画を見に行く予定だったのだが、みどりが突然、

「デートすることになった」

と、連絡してきたのである。

仕方なく、千代子一人で映画を見て、帰ろうとしたら、みどりからまた、

「一緒に帰ろう」

と言ってきた。

どうやら、デートの結果を、千代子に聞いてほしかったらしい。

しかし、その話をしないうちに、こうして電車を降りてきてしまった。

「例のN大の子でしょ」

と、千代子が言った。

「そうよ。四年生だよ。『子』ってことないでしょ」

しかし、千代子は大人びていて、もうOLでもやっているかと見られる。千代子にしてみれば、年上でも大学生の男の子は、やはり「子供っぽく」見えるのだろう。

「何てったっけ？　矢代《やしろ》君？」

「うん。矢代啓介《けいすけ》。優秀なのよ。たぶん大学院に進む、って言ってる」

N大の四年生で理工系、ということぐらいしか、千代子は聞いていない。いや、みどりにしても、確かまだこれが数回目のデート。

「あそこだ」

みどりが駅から歩いて五分ほどの公園が見えてくると、言った。

そう大きな公園ではない。明かりは点いているが、人がいる気配はなかった。

「あるかな……。持ってかれたら困る」

「どこのベンチ？」

「その奥……」

ベンチが三つ並んでいる。

今は誰もいない。

「あった！」

みどりは、真ん中のベンチの上に置いたままのケータイを拾い上げて、息をついた。

「良かったね」

と、千代子は肯《うなず》いて、

「でも、どうしてそんな所にケータイ置いたの？」

と訊《き》いた。

「え？　まあ――それはね、色々あって」

みどりは急に口ごもっている。

「何よ。怪しいわね」

「怪しくなんかないわよ。ただ――ここに二人で座って話していたら、ケータイが鳴ったの。で、取り出して止めたんだけど……。そしたら、矢代君がね、急にキスしたのよ」

「え？」

千代子はびっくりした。

「そうびっくりしなくたっていいでしょ」

「まあね。――それで？」

「ケータイ、まだ手に持ったままだったから、何だか邪魔でしょ？　で、ともかくそばへ置いたのよ」

「で、そのまま忘れたってわけか」

「そういうこと」

「ポーッとしてたのね。無理ないか」

と、千代子は笑って言った。

「でも、キスしただけだからね！」

と、みどりが強調した。

「はいはい。じゃ、駅に戻ろう」

「うん」

みどりがケータイをバッグへ入れて、二人は公園を出ようとした。

足を止める。――何か、爆発するような音がしたのだ。

「今の……銃声？」

と、千代子が言った。

「まさか」

「でも……」

　そのとき、足音がした。

　二人はあわてて公園の中へ戻ると、ベンチの後ろに隠れた。

　この辺は、エリカと付き合っていて、よく事件に巻き込まれる二人の経験が活きた、と言うべきだろう。

　人影が、公園の中へ入ってきた。

　そして、街灯の光の下で足を止めると、手にしていた拳銃を、ツイードの上着の下へしまったのである。

　あれ、本物？　――千代子は、さっきのはやはり銃声だったのだと思った。

　息を殺していると、その若い男はケータイを取り出し、どこかへかけていた。その話までは聞こえない。

そして、通話を終えると、足早に公園から出ていったのである。

「――何だろうね、今の」

と、千代子はベンチのかげから出て、息をつくと、

「拳銃、本物よ、あれ」

振り返り、

「みどり？　――みどり、どうしたの？」

呼ぶと、みどりが心ここにあらず、といった風で出てきた。

「大丈夫、みどり？」

「大丈夫じゃない」

「そうね。もしかすると、誰かが殺されてるかもしれないから……」

「大丈夫じゃないよ」

と、みどりは言った。

「今の――拳銃持ってたの、矢代君だった……」

「ごめんね、エリカ」

と、千代子が言った。

「どうせ、家へ帰る途中だったから」

と、神代エリカは言って、父親、フォン・クロロックの方を見た。

「ね、お父さん」

「ああ。タクシー代が少しかさむが、その辺は会社の経費で落とすから……」

ヨーロッパから日本へ渡ってきた、本物の吸血鬼、クロロックだが、こっちで今の妻涼子《りょうこ》と再婚、〈クロロック商会〉の雇われ社長として働いているうち、大分お金にもうるさくなってきたようだ。

千代子がエリカのケータイへ連絡、ちょうど帰宅途中だったエリカとクロロックが、この公園へやってきたのである。

「確かに拳銃を持ってたのね？」

と、エリカは千代子に訊いた。

「うん……。私には本物に見えた。もちろん絶対とは言えないけど……」

公園のベンチには、放心状態のみどりが腰をおろしている。

「みどり、ショックだよね」

と、千代子は言った。

「今夜、初キスしたっていうのに……」

「でも、この近くに、撃たれた人も見当たらないね」

「そうだな」

と、クロロックは肯いて、

「銃声がそんなに大きく聞こえたのなら、この公園の周辺だろう。誰か撃たれたのなら、見つかっているだろうし」

「お手数かけてすみません」

「いやいや。――念のため、これから二、三日の新聞に目を通すことだな」

「ええ、そうします」

千代子に促されて、みどりも少し元気を取り戻し、立ち上がった。

「――でも、今度矢代君に会ったとき、何て言えばいいのか……」

「いつ会うの？」

「今度の週末」

「まあ、触れない方が無難だよ」

と、エリカは言った。

「うん、そうだね……」

みどりは呟《つぶや》くように言って、千代子と二人、駅へと向かった。

「――お父さん、どう思う?」

と、エリカは言った。

「うむ……。硝煙の匂いはしているな」

「私も気がついた。モデルガンでも、火薬は使うこと、あるけどね」

「それだけではない。言わなかったが……」

「何のこと?」

「この公園の裏手を通ったとき、ごくわずかだがな、血の匂いをかいだ気がする」

と、クロロックは言った。

「気のせいだといいがな……」

アルバイト

我慢にも限度というものがある。

二度、三度までは、矢代啓介《やしろけいすけ》も我慢した。

しかし、それを超えると……。

「アルバイトが間違えたんです。申しわけありません」

その売り場の主任は、自分が発注を忘れていたのを、バイトの啓介のせいにした。

四年生になって、将来の就職先かもしれないという気持ちがあったから、Kデパートでのアルバイトが、時間をオーバーしてきつかったのも辛抱した。

しかし、売り場の主任は明らかに啓介を目の敵《かたき》にしていた。

仕事の憶えも早く、見た目もハンサムな啓介のことが、初めから気に入らなかったのだろう。

売り場の女性たちが、

「矢代君、すてきね！」

「入社してほしいわね」

と言い合っていたことも、主任には面白くなかったのだろう。

明らかな主任自身のミスを、

「お前がちゃんとやらないからだ！」

と言われて、いい加減腹を立てていた。

そこへ、客のクレーム。――主任は、

「何しろアルバイトが……」

と言い逃れようとした。

啓介の中で、何かが切れた。

「主任。自分が忘れたんじゃありませんか。人のせいにしないで下さい」

と、客の前で言ってやったのだ。

主任は、禿《は》げた頭まで真っ赤にして、

「貴様、何て口をきくんだ！」

と、啓介をにらんだ。

「もう言いませんよ」

と言うなり、啓介は拳を固めて主任の顎を一発殴った。

主任は仰向けに引っくり返った。

見ていた客や店員の間でドッと笑いが起きた。拍手している女性も少なくなかった。

「貴様は……クビだ！」

主任は声を震わせた。

「こっちから辞めますよ」

胸の名札を外して床へ投げ捨てると、啓介はさっさと売り場を後にした。

「面倒だな……」

喫茶店でコーヒーを飲みながら、啓介は呟《つぶや》いた。

またアルバイトを捜さなくてはならない。

矢代啓介は母親と二人暮らしである。

父親は、働いていた工場の事故で死んだが、会社は、「本人の過失だ」と言い張って、補償金を払おうとしなかった。

母は、中学生だった啓介を育てるために、ホステスになって働いた。

N大へも進ませた。——しかし、啓介もバイトで稼がなくては、学費以外の金は出なかった。

早く稼いで、母に楽をさせたい。

しかし、世の中、「いいバイト」など、そう簡単には見つからないのである。

ともかく、デパートでのバイトも、タダ働きということになる。

啓介がコーヒーを飲み干して、カップを置くと——目の前に見知らぬ男が座っていた。

「何ですか?」

と、啓介は訊《き》いた。

年齢のよく分からない男である。

しかし、もう若くはないだろう。髪が半ば以上白くなっている。細身の体を三つ揃いのスーツに包んで、一種もの静かな大学教授のような印象だ。

しかし、一体いつの間に目の前に座ったんだ？

「矢代君と言ったね」

深みのある声が言った。

「え？」

「さっきの、デパートでのみごとなパンチには見とれたよ」

と、男は微笑んだ。

「ああ……。あんまり頭にきたんで、つい……」

「いや、よく分かる。一目見ただけで、あの売り場の主任とかいう男と君とでは、人間の格が違っているよ」

「やめて下さいよ」

と、啓介は苦笑して、

「短気起こしたおかげで、バイトを失《な》くして、しかも働いた分のバイト料もふいにしちゃった」

「それはいけない。あのことはあのことで、これまで働いた賃金は、ちゃんと受け取らなくては」

「払っちゃくれませんよ。今さら、あの主任に頭下げるなんていやだし」

「その必要はない」

男は上着の内ポケットから封筒を取り出して、テーブルに置いた。

「何です？」

「君のバイト料だ。私が代わりに受け取ってきた」

「そんな……」

啓介は封筒を取り上げ、中身を出した。

ちゃんとデパートの正式な出金伝票が添えられていた。

「——ありがとうございます！」

と、啓介は言った。

「助かりました。——でも、どうしてこんなことを？」

「君に、とてもいいアルバイトを紹介したくてね」

と、男は言った。

「アルバイトですか」

「あの場面を見ていて、君にぴったりだと思ったんだ。——何というかな。一旦、こうと決めたらスパッと割り切って行動に移せる。そういう若者はなかなかいない」

「あの――どんな仕事なんでしょうか」

「度胸さえあれば、そう難しい仕事ではないよ」

「それって、お金になるんですか？」

「なる」

と、男は即座に肯《うなず》いた。

「たぶん、君の想像もしないほどの金額だよ」

啓介は、ちょっとためらった。

世の中のことは多少分かっている。楽をして、お金が稼げる仕事などない。

「今、返事しなければいけませんか」

と、啓介は訊いた。

「ともかく、やってみないかね」

と、男は伝票を取って立ち上がった。

「どうしてもいやなら、そこでやめればいい」

その言い方は、啓介にも気に入った。

「分かりました。行きます」

と、啓介は言った。


夜道だった。

人通りの少ない、寂しい道だ。

啓介は、その男と二人で、その道に一時間も立っていた。

一体、何をさせようっていうんだ?

訊いても、男は、

「そのときになれば分かる」

と答えるだけだ。

いい加減くたびれて、「もう帰ります」と言いかけたとき、

「来たな」

と、男が言った。

道をうつむき加減で足早にやってくる男がいた。――街灯の光は弱くて、どんな

男かよく分からない。

「あの男だ」

「はあ……」

「これを持って」

男が啓介の手に握らせたのは——ズシリと重い、拳銃だった。

「これ……」

「本物だ。安全装置は外してある。引き金を引けば弾丸が出る」

「これを……」

「あの男を、その銃で殺すんだ」

啓介は啞然として、それからちょっと笑った。

「何のジョークですか？」

「これがアルバイトだよ」

「——人を殺すのが？」

「あの男は、自分も何人か殺している。組織の金を使い込んで、逃げてるんだ」

「でも……できませんよ！　そんなこと——」

「できるとも。君なら」

と、男は肯いて、

「さあ、もうすぐあいつが目の前に来る。君はただ拳銃を構えて、あいつの額を狙って引き金を引く。それだけのことだ」

男の言い方では、ずいぶん易しいことのように聞こえる。

「その一瞬に集中するんだ。それで君には百万という金が入る」

「百万……」

「引き金を引くだけでね。楽なものだろ？」

相手はもう間近に来ていた。

そして、啓介は考え悩む時間もなく、拳銃を手に進み出ていたのである。

人の気配に気づいて、相手が足を止める。

「——誰だ？」

何も考えるな。——金だ。金になるバイトなのだ。

今、しようとしていることが「犯罪」だという意識も、啓介にはなかった。

まるでゲームの画面で敵を撃つように、相手の男の額を狙って引き金を引いた。

本物の銃など、もちろん撃ったことがない。思いがけないほどの反動があった。

外れたな、と思った。初めて引き金を引いて、当たるわけがない。

相手はぽかんとして突っ立っている。

何してんだ？　早く逃げろよ。

すると――男の額の真ん中にポツンと赤い点が浮かんだ。

そして、そこから一筋、血が真っ直ぐに流れ落ちると、男の体は地面に崩れ落ちた。

「――みごとだ」

と、あの男がやってきて、

「私の目に狂いはなかったな。君は優秀な殺し屋だ。天性のね」

殺し屋？　僕が？

「さあ、バイト料だ」

と、男は無造作に百万円の札束を啓介のポケットへ押し込んだ。

「次の仕事が決まったら、また連絡するよ」

と、男は言って、呆然としている啓介の手から拳銃を取り上げ、

「これは処分しておく。専門家がいるから、安心していいよ」

と言うと、穏やかに、

「おやすみ」

と、微笑みながら言って、立ち去っていった。

――アルバイトか、これが。

啓介は我に返ると、急いで夜道を歩きだした……。

不安な日

どうにも大学には似合わない人だった。

小太りで、派手な赤のスーツ。五十近いかなと見える、その「おばさん」は、いやに化粧も濃い。

大学のキャンパスの中を歩くと、どうにも浮いている。

しかし、その女性は、エリカを見ると、スタスタと真っ直ぐにやってきて、

「神代《かみしろ》エリカさんですね」

と言ったのである。

足を止めて、

「そうですけど……」

と、エリカは言った。

「良かった！　お会いできて」

と、息をつくと、

「お話ししたいことがあって。――お時間をいただけませんか」

真剣だということはよく分かった。

「あなたは……」

「矢代《やしろ》と申します。矢代信子《のぶこ》です」

「矢代さん？　――もしかして、矢代啓介《けいすけ》さんの……」

「母です」

「分かりました。講義があるんですけど、サボりますわ」

と、エリカは言った。

「――勝手を言ってすみません」

大学の近くの喫茶店に入ると、矢代信子は頭を下げた。

「いいえ。仲のいい友だちのことですから」

「みどりさんですね。とてもいい方ですね、本当に」

と、矢代信子は微笑んで、

「エリカさんのお名前はみどりさんからよく聞いていまして。いつも、困ったことがあると相談するんだとか」

「買いかぶりですよ。——何か、ご心配なことが？」

「みどりさんから聞かれていますか？　息子のことを」

聞いているどころではないのだが、母親に向かってそうは言えない。

「すてきな人だとは聞いていますけど」

と、適当にごまかした。

「そうですか。——本当に、親のことを大事にしてくれる、いい子なんですが……」

と、信子は表情をくもらせて、

「このところ、妙なんです」

「妙というと？」

「いいアルバイトが見つかった、と言って、お金を家に入れてくれるんですけど、そんな払いのいいアルバイトがあるのかと……」

「そんなにいいお金になるんですか」

「ええ。それに——たまたま銀行から電話があって分かったんですが、家へ入れている以外に、あの子、何百万円も貯金しているんです」

「啓介さんには訊《き》いたんですか？」

「いえ……。お恥ずかしいんですけど、何と言われるか、考えると怖くて」

信子の気持ちも分かる。

短い間に数百万も稼ぐアルバイトとなれば、どう考えても、まともな仕事ではないだろうと想像がつく。

しかし、いくら信子が心配しているにせよ、まさか拳銃を使った「アルバイト」だとは思いもしないに違いない……。


「珍しいね」

と、矢代啓介は言った。

「あんたが遅れてくるなんて」

「自分の都合ばかりで動いてるわけじゃないからな」

と、相手は落ちついて座ると、

「コーヒーをくれ」

と、ウェイトレスに頼んだ。

ごく普通の喫茶店。

まさか、「殺し」の相談をしているとは、誰も思うまい。

「今度は？」

と、啓介が訊いた。

「これだ」

相手の男は氷川雄一《ひかわゆういち》といった。

啓介も、三度目の「アルバイト」のとき、初めて名前を知ったのである。

氷川がテーブルに大判の封筒を置く。

啓介は、中を覗き込んだ。

コインロッカーの鍵と、写真。そしてメモ一枚。

今の啓介には、それで充分だった。

「いつものコインロッカーだ」

と、氷川は言った。

「分かった」

コインロッカーの中に、拳銃がその都度用意されている。弾丸も入っていた。

「今度の相手は？」

「女だ」

「女？」

「そういうこともあるさ。男はいいが、女はいやだって理屈はないよな？」

「そりゃそうだけど……」

「依頼主の彼女らしいが、邪魔になった、ってところだろう」

「勝手な奴だな」

と、啓介は苦笑した。

「メモにもあるが、明日の夜八時に、女はN駅の前にやってくる」

「分かった。任せてくれよ」

啓介は封筒を手に取った。

「――君も、すっかりベテランだな」

と、氷川はコーヒーを一口飲んで、

「おかげで商売繁盛だよ」

「儲かってるのか」

「ああ、もちろん」

啓介は少し迷ってから、

「最近、何だかお袋が気づいたようで……」

と言った。

「まさか、何をしてるかまでは分からないさ」

「そうは思うけど……」

「心配か？」

「お袋を納得させられる口実があるといいんだけど。——何か考えてくれよ」

「そうだな……。今すぐと言われても、思いつかない。今度会うときまでに、考えとこう」

「頼むよ。——じゃ、行くよ」

「ああ。しっかりやってくれ」

氷川はニヤリと笑って、啓介を見送った。

そして、内ポケットからケータイを取り出すと、

「——もしもし。——ああ、いつもの通りだ。——大丈夫、何も疑っちゃいないさ」

と言った。

「何でも、母親が心配してると言ってた。——ああ、もうこれが済めば奴に用はない。——そうとも。しくじるなよ」

氷川は通話を切り、立ち上がって店を出ていった。

「——どう思う？」

店の中で、二人の会話にじっと耳を傾けていたエリカは、父、クロロックに訊いた。

「BGMのない店だから、聞きやすかったな」

と、クロロックは言った。

吸血族は、人間と比べものにならない聴力を持っている。

いくつも離れたテーブルにいるエリカたちが、まさか自分たちの会話を聞いていたとは思わないのである。

「あの男が仕事を回してくるのか」

「でも、手を下してるのは、やっぱり矢代啓介なんだね」

と、エリカはため息をついて、

「みどり、ショックだろうな」

「しかし……」

「どうかした?」

「今の電話が気になるな。『これが済めば奴に用はない』『しくじるな』……」

「啓介も、利用されてるってことね」

「それは確かだ。しかし……」

クロロックは考え込んでいたが、

「明日の夜八時にN駅の前、と言っていたな」

「止《や》めさせなきゃね。たとえ一つでも犯行を止めれば……」

「いや、むしろやらせた方がいい」

と、クロロックが言った。

混乱

N駅前、夜八時。

矢代啓介《やしろけいすけ》は、七時半くらいにN駅前に来ていた。

雨が降ったり止《や》んだりしていて、啓介は駅の改札口の外側、屋根のある辺りに立っていた。

雨のときは「バイト」がやりにくい。

改札口を出ると、みんな傘を開く。それに顔が隠れてしまうのである。

相手を間違えないようにしなくては……。

啓介はそっとポケットから写真を取り出して、もう一度女の顔を憶えた。

まだ若い。――二十五、六というところではないだろうか。

写真はスナップのようで、撮られていることに気づかずに笑っている。その笑顔はとても明るく、チャーミングだった。

本当のところ、もう顔は憶えていた。ただ、その写真が見たかっただけなのである。

胸が痛んだ。――こんなすてきな女性を殺さなくてはいけないのだ。

でも、仕方ない。今さら、

「やめる」

とは言えない……。

氷川《ひかわ》は巧みに啓介が「仕事をしやすい」ように工夫していた。

殺す相手が何者か、どんな生活をしているか、一切説明しない。

啓介にとって、「標的」は単なる標的で、生きて、家族がいて、泣いたり笑ったりする存在ではなかった。

だから、簡単に引き金が引けたのである。

とんでもない犯罪を実行しているのだと、頭では分かっていたが、実感がない。

わざと、TVのニュースや新聞を見ないようにした。

一件につき、百万円。――こんなアルバイトはまたとないだろう。

ある程度お金がたまったら、それでいいと思っていたのだが、そううまくはいくまい……。

七時四十分。——八時といっても、少し早くやってくることもあるだろう。

啓介は改札口を出てくる女の顔を、じっと見ていた。

すると、

「すみません」

と、女の声がした。

「あの——すみませんけど」

「え?」

と、啓介は振り向いた。

そこに、あの写真の笑顔があった。

啓介はポカンとしていた。——てっきり、電車から降りてくるとばかり思っていたのである。

「ごめんなさい」

と、彼女は言った。

「この場所、譲っていただけませんか」

「は？」

言われていることがよく分からなかった。

「あの——私たち、ここで署名活動をするんです。あいにくの雨なんで、この屋根の下でやりたいんです」

「署名？」

「ええ。雨を避けて、ここにおいでなのは分かってるんですけど、よろしかったら……」

確かに、改札口の外で、屋根があるのはごく狭い場所なのである。

彼女は、署名してもらうための用紙と、下敷きにする画板のような厚紙の板を抱えていた。

「——いいですよ」

と、啓介は言った。

「ありがとう！」

嬉しそうな笑顔。——写真のままだ。

「何の署名なんですか？」

と、啓介は訊いた。

「あの——私の勤めてる会社、五十人くらいしかいないんですけど、組合も何もなくて、社長の考え一つで、すべて決まっちゃうんです。私の上司で、休日に反戦活動に加わってる人がいて、その人が突然クビになったんです」

「へえ」

「社長はとてもそういう反戦活動とか嫌いで、クビもそれが理由なんです」

「ひどいですね」

「ええ、それで、私たち数人で、何とか抗議の署名を、と……」

彼女は少し照れたように、

「大して力もないし、どうにもならないとは思うんですけど、じっとしていられなくて」

「分かりますよ」

「学生さん——ですか」

「ええ、四年生です」

「もしよろしかったら、署名していただけませんか？」

おずおずと差し出すボールペンを、啓介はつい受け取っていた。

本当なら、とんでもないことだ。彼女を殺して、逃げなくてはならないのに、署名なんかしたら、ここにいたと自分で告白しているのも同じだ。

しかし、啓介はその用紙に、第一号として署名していた。

「ありがとう！　勇気が出ます」

正直、これだけのことをするのも、大変な勇気がいる。

「――でも、本間浩哉《ほんまひろや》さんも応援に来て下さることになってるんです」

「本間浩哉って――国会議員の？」

「ええ！　手紙を出したら、承知して下さって」

本間浩哉はまだ三十代の政治家で、若い世代に人気がある。およそ政治に関心のない啓介でも知っていた。

「でも、お出かけの途中、ちょうど八時ころに、たまたまここを通る、ってことらしいんですけどね」

と、彼女は笑った。

啓介は駅前のスペースを見回した。

彼女の同僚の女性が他に二人、署名を頼んで声をかけている。

「女の人ばっかりだな。男はだめですね」

と、啓介は言った。

「男の人は――クビになると困るって。家族がいたりすると、やっぱり……」

啓介は、初めてのことをした。

「お名前、聞いていいですか」

と言ったのである。

「私ですか？　――江上《えがみ》です。江上百合《ゆり》」

この人を殺すのか。

啓介は初めて不安になった。

「お願いします！　不当な解雇に抗議の署名を！」

江上百合は、改札口を出てくる人々に呼びかけたが、誰一人、足も止めない。

八時。――八時だ。

やってしまおう。簡単だ。

江上百合の背中が目の前にある。

ポケットに拳銃が入っている。これを取り出して、江上百合の背中に撃ち込む。

こんなに近ければ、外れるわけがない。

みんな雨の中、せかせかと家路を辿っていく。何が起こったか、誰も分かるまい。

そのとき、駅前に車が寄せて、スーツにネクタイの男性が降りてきた。

本間浩哉だ。

「あ、本間さん！」

江上百合が頬を紅潮させて、

「ありがとうございます！」

「やあ、頑張って下さいね！」

本間は江上百合と握手をした。

「はい！　本当にわざわざ――」

「これから出なきゃいけないパーティがあってね。すぐ行かなきゃいけないんだ」

何だよ。――啓介はちょっと落胆した。

握手だけして行っちまうのか？　せめて署名ぐらいしていけよ。

「それじゃ、頑張って」

と、江上百合の肩を叩いて、車へ戻ろうとする。

改札口を出てきた人たちの何人かが、本間に気づいた。

「本間浩哉さんだ！」

「本当だ！」

人々の目が本間に向いた。

今がチャンスだ！

啓介は、拳銃を取り出すと、銃口を江上百合の背中へ向けた。――今なら、撃たれても何が起きたか分かるまい。

引き金に指をかける。

そのとき――啓介の目の前を黒い大きな布が覆った。

引き金を引いていた。銃声。

誰かが、本間を押し倒した。

「危ない！　隠れろ！」

という声。

啓介はスッポリと黒い布に頭を包まれて、何も見えなかった。

そして、突然お腹を殴られ、そのまま気を失ってしまった。


「大丈夫?」

と、呼びかける声がした。

啓介は、目を開けた。——どうしたんだ、俺?

車の中だった。ワゴン車の後部席に横になっている。

「気がついた?」

「君は?」

「神代《かみしろ》エリカ。みどりの友人よ」

「みどりの?」

啓介は起き上がって、

「どうしたんだろ、俺」

「この人を撃ったんでしょ」

エリカが目をやったのは、江上百合だった。

「生きてた……」

啓介は、ホッとした気分で、

「良かった」

と、息をついた。

「どうして私なんかを殺そうとしたの?」

と、江上百合がふしぎそうに訊いた。

「仕事だよ。アルバイトなんだ」

「殺し屋のバイト?」

と、エリカが首を振って、

「聞いたことないわね」

「でも——本当に何人も殺した」

啓介は肩をすくめて、

「失敗して良かったよ」

エリカが拳銃を手にして、

「じゃ、私が殺してあげるわね」

と、銃口を啓介に向けた。

啓介がさすがにギョッとする。江上百合が、

「やめて！」

と、止めようとした。

エリカが引き金を引く。銃声が響き渡った。

啓介は思わず目を閉じた。

しかし——痛くない。

目を開けると、エリカが笑っていた。

「死ぬわけないわよ。空砲だもの」

「——空砲？」

「ええ。あなたが、この百合さんを撃ったのも、空砲だったの」

「そんな……。どうしてだ？」

「あのとき、実弾も飛んで来た。でも狙われたのは百合さんでなく、本間浩哉だったの」

と、エリカは言って、拳銃をクルクルッと回して見せた。

「私が押し倒したから、本間さんは無事だった。でも、本間さんが死んでたら、当然やったのはあなただと思われたでしょうね」

啓介は、わけが分からずポカンとしている。

「じゃ、出かけましょうか」

と、エリカが立ち上がった。

「どこへ？」

「あなたの雇い主の所へよ」

と、エリカは言った。

有罪？　無罪？

「おい急げ！」

と、氷川《ひかわ》は苛々《いらいら》と怒鳴った。

「待てよ。こっちだって荷物があるんだ」

ブツブツ言いながら、ゴルフバッグを肩にビルから出てきたのは、革ジャンパーの若い男。

「商売道具を置いちゃ行けない」

「早くしないと、この辺にも警察が来るぞ」

と、氷川は言って、車のトランクを開けた。

ゴルフバッグをトランクへ放り込むと、若い男は助手席に座った。

氷川が車を出す。——雨は本降りになっていた。

「畜生！　肝心のときにしくじった」

と、氷川は悔しそうに言った。

「ああ。しかし、どうしたんだ？」

「知るか。誰かが知ってたんだ、今日の計画を。でなきゃ、本間《ほんま》をああうまく押し倒せやしない」

「奴は？」

「矢代《やしろ》か。——わけが分からなくて逃げてるさ。大方、その辺で捕まるだろう」

「放っといていいのか？」

「誰が信じる？　アルバイトで殺し屋をしてました、なんて話」

若い男は、片岡《かたおか》といった。——トランクに入れたゴルフバッグの中は、愛用のライフルだ。

「しかし、肝心の本間をやり損《そこ》なったんだぜ」

「分かってる。何とか依頼主に話して、もう一度チャンスをもらう」

「大丈夫かな」

「だめなら、俺たちの命もなくなるぜ」

と、氷川は言って、

「何とかなる。向こうも大金を出してるんだ。別の奴を雇ったら、もっと高くつく」

「まあ……そうだな。しかし、本間も用心するだろう。やりにくいぜ」

「そこをやるのが、片岡、お前の役目だ」

「ああ……」

片岡はタバコに火を点けて、ゆっくり煙を吐き出した。

すると、

「タバコは体に良くないぞ」

と、声がした。

氷川と片岡は顔を見合わせた。

「――おい、何か言ったか？」

「言わねえよ」

「しかし……」

グォー……。低い唸《うな》り声が聞こえた。

二人は後部座席の方を振り返った。

狼がヌッと二人の鼻先に顔を出すと、カーッと真っ赤な口を開いて、鋭い牙を光らせながら、ガオーッと凄い声で咆《ほ》えた。

「ワーッ！」

二人は悲鳴をあげた。

車が歩道へ乗り上げ、果物屋の店先へ突っ込んだ。

「逃げろ！」

二人は車から転がるように出ると、雨に打たれながら起き上がった。

「おい！　どうしたんだ！」

目の前に警官がいた。

「狼が……」

「何だって？」

「中に狼が――」

「馬鹿言うな」

警官が車の中を覗き込んで、

「――何もいないぞ」

「え？」

氷川と片岡はこわごわ車の中を覗き込んで首をかしげた。

「おかしいな……」

「確かに狼が目の前でガオーッと……」

「店先を壊して、どうするつもりだ。酔ってるのか？　一緒に来い」

氷川と片岡はチラッと目を見交わすと、いきなり警官を押し倒し、駆け出した。

「待て！　止まれ！」

止まってたまるか！

二人は、細い道へ入って、必死で走った。

「——もう大丈夫だろう」

と、息を切らしながら、氷川が言った。

「ライフルを置いたままだ」

「仕方ねえさ。新しく手に入れるしかない」

氷川は空を見上げて、

「雨に降られてズブ濡れだ。ツイてねえ」

「仕方ない。――そっちの方へ出れば、大きい通りだろう」

二人は裏道から広い通りへ出たが――。

目の前に、果物屋へ突っ込んだ自分たちの車があった。

「――あいつらだ！」

警官が二人に気づいて怒鳴った。

「どうなってるんだ！」

二人はあわてて裏道へ駆け戻ったが――。

足を止め、目を疑った。

同じ所へ出てきた！　目の前に車が……。

「こんな馬鹿な！」

応援に来た他の警官たちが、二人の方へ駆けてくる。

二人はまた逃げ出したが――。

パッと目の前が開けると、あの果物屋の所へ出てしまっている。

「どういうことだ？」

二人はヘナヘナと雨の中に座り込んでしまった。

「何だ、ここにいるぞ」

警官がやってきた。

「トランクにライフルが入ってた。本間議員を狙った奴かも」

二人は、夢でも見ているような気分で、手錠をかけられていた……。


「どうなってるんだ？」

見ていた啓介《けいすけ》は呆然としている。

「簡単な催眠術だ」

と、クロロックは言った。

「それにしたって……」

「世の中には、ふしぎなことがあるのよ」

と、エリカは言った。

「じゃ、僕が殺したのは……」

「そう簡単に弾丸が急所に当たると思う？　素人《しろうと》が撃ったのに。――いつも空砲で、あのライフルの男が他の所から相手を狙撃してたのよ」

「そんな……。でも、どうして？」

「もともと、あの氷川って男が殺しを請け負ってた。そして、本間議員を暗殺しろという依頼を受けたんでしょうね」

と、エリカは言った。

「相手は大物だし、捜査も厳しくなる。それで考えたのよ、他に犯人を用意しておこうってね」

「それが僕？」

「そう。これまでのバイトは、そのための準備。——あそこであなたが引き金を引き、同時にライフルで本間議員を撃つ。当然、あなたがやったと思われる」

「でも……」

「あなたは拳銃を氷川へ渡すんでしょ？　銃が違うと言っても、証拠はないわ。あなたの口座には、何百万円も振り込まれてるし、警察としては、犯人が一人いれば充分」

「じゃ……僕は逮捕されるのか」

「青くなるくらいなら、初めからやらなきゃいいでしょ」

と言ったのは、ついてきていた江上百合《えがみゆり》だった。

「うん……。確かに」

啓介はしょげ返っている。

「でも、これまでの被害者を撃ったのも、あのライフルだってことが分かるわ。あなたが係わった証拠はお金だけ」

「お金なんかいらない！　でも――どうしよう？」

「まあ、コンピューターのミスだとでも言っておくんだな」

と、クロロックは言った。

「お金は諦《あきら》めるのね」

とエリカは言って、

「お母さんに謝って。心配で生きた心地もしてなかったはずよ」

「うん……」

「後は――あなたの心の問題。本当はそうじゃなかったにせよ、あなたは人を殺していた」

「どうしてあんなことができたのか、自分でも分からないよ」

「償いをしなさい。人を助けることを仕事にして」

「うん」

と、啓介は肯《うなず》いて、

「うん！　そうするよ」

と、明るい口調で言った。

「私のことも殺すつもりだったのね」

と、江上百合が言った。

「ごめん」

と、頭を下げて、

「あの――お詫びに、ラーメンでもおごらせてくれないか？」

「ラーメン？」

「それくらいしかお金持ってないんだ」

江上百合は、ちょっとふくれていたが、

「――じゃ、あの署名活動を手伝って。そしたら、ラーメンに付き合うわ」

「うん！　百万人分集めるよ！」

「できるわけないでしょ！」

啓介と江上百合が雨の中をあの駅前へと戻っていくのを、エリカは見送って、

「結局、みどりは振られたか」

と、肩をすくめた。

「我々も降られとるぞ、雨にな」

と、クロロックは言って、

「ハクション！」

と、派手なクシャミをした。

吸血鬼の秘湯《ひとう》巡り

船上にて

船はゆっくりと、ゆるい流れをさかのぼって進んでいた。

ほとんど揺れることがないので、まるで氷の上を滑ってでもいるかのような、ふしぎな感覚に捉えられる。

「きれいだね」

と、神代《かみしろ》エリカは両岸の山の斜面を覆う紅葉をデッキの手すりに肘をついて、眺めながら言った。

「うむ」

父親のフォン・クロロックが黒いマントで身を包むようにして、

「空気が冴《さ》え冴《ざ》えとしておる。ヨーロッパの晩秋のようだな」

――観光船は川を上って、温泉へと向かっている。

紅葉のシーズンでもあり、船も一杯だった。

「よく取れたね、旅館」

と、エリカは言った。

「たまたま、取引先の社長があの旅館のオーナーと親しくてな」

フォン・クロロックは「由緒正しき」吸血鬼だが、今は〈クロロック商会〉の雇われ社長。

すっかり人間並みの暮らしに慣れて、温泉も大好き。

クロロックと、日本人の母との間に生まれたエリカは今女子大生である。母はずっと前に亡くなり、今、クロロックはエリカより一つ若い涼子《りょうこ》を妻にしている。

むろん、この温泉旅行も本来はクロロックと涼子、それに息子の虎ノ介《とらのすけ》の「家族旅行」で、エリカはやや「邪魔者」である。

エリカは大学の親友、大月千代子《おおつきちよこ》と橋口《はしぐち》みどりを連れてきていた。――クロロックたちと同じ部屋には泊まれない。

「あの温泉って、この船でしか行けないいんでしょ」

と、エリカは言った。

「そうらしいな。一応〈秘湯《ひとう》〉ということになっておる」

「有名な〈秘湯〉って、何か矛盾してるね」

と、エリカは笑った。

クロロックが少しして、

「何かわけがありそうだな」

と言った。

「え？」

「左に立っている女性だ」

エリカがさりげなく目をやると、赤いコートをはおって、一人手すりにもたれて立っている若い女がいた。

確かに、どこか寂しげな雰囲気を漂わせている。まだ、二十四、五というところだろう。

「きれいな人だね」

と、エリカは言った。

「うむ……。しかし、あんまり幸せそうには見えん」

　すると、意外なことが起きた。

　その赤いコートの美女が、ゆっくりとエリカたちの方へやって来たのである。

　そして、足を止めると、

「クロロックさん、こんな所で……」

と、目を見開いた。

　クロロックも一瞬戸惑っていたようだが、

「――やあ！　八尾《やお》君か」

と、びっくりした様子。

「知り合い？」

「うちの社へ時々仕事で来てくれる八尾ひとみ君だ」

と、クロロックは言って、

「娘のエリカだよ」

と紹介した。

「大学生のお嬢様ですね」

　八尾ひとみは、にこやかな笑顔になっていたが、それは「営業用」だったろう。

「クロロックさん、温泉がお好きでしたものね」

「たまに家族サービスでな」

「じゃ、奥様も？」

「子供がいるのでな。船室の中にいる」

「まあ、すてきですね。一家でご旅行なんて」

「八尾君は一人か？」

「あ、いえ……」

八尾ひとみは、ちょっとためらったが、

「──連れがいますので、これで」

と、急に一礼して行ってしまった。

「お父さん、あの人……」

「ああ」

二人の目に、デッキへちょうど出てきた男性が見えた。

八尾ひとみが足早に歩み寄ると、その男の腕を取って、船室の中へ連れ戻してしまったのだ。

「大分年上だな」

と、クロロックが言った。

「うん……。何だかちょっと怪しいね」

と、エリカは言った。

親子ぐらい年齢は違っているが、どう見ても父と娘ではない。

「まあ、人の恋路は邪魔せぬものだ」

と、クロロックは肯《うなず》いて見せた。

八尾ひとみたちが船室へ入っていくのと入れ違いに、大月千代子が出てきた。

「少し寒いけど、気持ちいいね！」

と、千代子が伸びをする。

「みどりは？」

「下で寝てる。——紅葉にはあんまり関心ないみたい」

と、千代子は笑って、

「夕ご飯の心配ばっかりしてるよ」

「成長しないね、全く」

と、エリカは苦笑した。

「ねえ、エリカ。今、すれ違った人、N大の寺西《てらにし》教授だね」

「え？　千代子、知ってるの？」

「講演、聞きに行ったことがある」

「へえ。じゃ間違いないね」

「連れの女の人、ずいぶん若いね」

「父の会社の取引先のＯＬさんだって」

「そうなんだ。――じゃ、不倫旅行かな」

「寺西教授って、奥さんいるの？」

「いるはずだよ。確か講演会で見かけたもの。ちょっと神経質そうな感じの……」

エリカも思い出した。

寺西司郎《しろう》は、心理学の専門家として、しばしばＴＶに出たり、ワイドショーのコメンテーターも務めている。

渋い中年の魅力で、女性に人気があるらしい。

「秘密の旅には、この温泉、ぴったりだね」

と、千代子が言った。

「じゃ、千代子もそうなったらここへ来たら？」

「そうなったら、って、どうなったら？」

二人は顔を見合わせてクスッと笑った。

「——おい、エリカ」

と、クロロックがやや不安げに言った。

「どうしたの？」

「今の八尾ひとみとは偶然会ったんだ。涼子にちゃんと話しておくから、証言してくれよ」

若い妻の涼子は凄いやきもちやき。クロロックも頭が上がらない。

「大丈夫だよ。向こうは男の人と一緒なんだから」

「うむ。しかし、涼子は理屈ではないからな。ともかく直感で攻めてくる」

こんな恐妻家の吸血鬼って、たぶん今までの吸血鬼映画にも出てこなかっただろう、とエリカは思った。

そのとき、船内にアナウンスが流れた。

「間もなく〈嵐山荘《あらしやまそう》〉に到着いたします」

船の前方へ目をやると、うっすらとかかった白い霧の中から、モダンな旅館が姿を現した。

「秘湯にしちゃモダンだね」

と、千代子が言った。

それでも、大浴場らしい三角屋根の辺りから、白い湯気がもくもくと立ち上っているのが見えて、いかにも温泉らしい気分を盛り上げていた……。

突然の出来事

「さすがにいい湯だの」

と、クロロックは言って、ロビーのソファに寛《くつろ》いだ。

エリカと千代子《ちよこ》は一風呂浴びて出てきたところ。みどりが長風呂なので、ロビーで待っていることにしたのだ。

それにしても、吸血鬼が浴衣《ゆかた》姿でマッサージチェアなどやっている姿は、とても先祖には見せられない。

「涼子《りようこ》さんたちは？」

と、千代子が訊《き》いた。

「虎《とら》ちゃんが、面白がってなかなか出ようとしないのでな。付き合っていたら、こっちがのぼせてしまう」

と、クロロックは言った。

「夕食とったら、また入ろう」

と、エリカは伸びをして、

「気持ちがいい！」

そこへ、

「いかがでしたか、お湯の方は」

と、背広姿の男性がやって来た。

この〈嵐山荘《あらしやまそう》〉のマネージャー、桂木《かつらぎ》である。

四十歳ぐらいか、いかにもこの道のプロ、という雰囲気が身についている。

「結構だった。色々世話になったな」

と、クロロックは言った。

「いえいえ。ゆっくりお寛ぎ下さい。ここはいわば別天地ですから」

桂木は微笑んで、

「ほぼ満室ですが、あまり騒がしくならないように作られておりますので」

「そうね。宴会とか、あんまりやかましいといやになるもんね」

と、千代子が言った。

「でも、本当にここへは川を船で来るしかないんですか？」

と、エリカが訊く。

「ええ。必要な物も全部船で運んでいます」

と、桂木が答えた。

「船を使わないと、裏の山の中を抜けていくしかありませんが……。まあ行けないわけではないのですが、お勧めはできませんね」

「道はあるんですか？」

「車の通れるような道はありません。細い踏み分け道に近いものだけで」

そこへ、あの八尾《やお》ひとみが浴衣姿でやって来た。上気して、頰が桜色に染まっている。

「いいお湯でした」

「それはよろしかったですね。寺西《てらにし》先生はまだ？」

「私が出てくるときに、男湯の方へ入っていかれました」

と、八尾ひとみは言って、

「少しここで待っていてもいいでしょうか」

「もちろんです」

桂木はにこやかに、

「寺西先生がここがお好きで、よくお泊まりいただいております」

「私は初めて……」

ひとみはソファに身を沈めて、

「クロロックさんとお会いするなんて……。隠しごとはできませんわね」

「プライベートなことだ。いちいち憶えてはおられんよ」

「私――N大で、先生のゼミにいたんです」

と、ひとみは言った。

「そのころからのお付き合いで」

「もしかすると、二人の旅はこれが初めてかな？」

「はい、そうです。先生もお忙しくて、なかなか時間が取れず」

ひとみは、少し照れくさそうだったが、それでも嬉しい気持ちは隠しようがなかった。

「あんたが幸せなら、それでいい」

と、クロロックは穏やかに、

「ただ、いつまでも続きはしないだろうがな」

「それは承知しています」

と、ひとみは肯《うなず》いた。

そのとき、桂木のケータイが鳴った。

「失礼します。——もしもし」

桂木がロビーから離れる。

「ケータイはつながるんだ」

と、千代子は言った。

「じゃ、俗世の仕事から逃れられないね」

「先生には、ケータイの電源を切っていただいています」

と、ひとみは言った。

「急なTVの仕事なんか入ったらいやですもの」

桂木がひどくあわてた様子で戻ってきた。

「八尾様」

「え？　私ですか？」

「今、寺西先生の奥様から私のケータイに」

「それは……。何かあったんですか」

と、ひとみが立ち上がる。

「先生のケータイが出ないので、と。――今、奥様とお嬢様が船でこっちへ向かっておられます」

ひとみが愕然《がくぜん》として、

「そんな……。どうして……」

と、立ちつくす。

クロロックが立ち上がると、

「船が着くまでに何分ある？」

と、桂木へ訊いた。

「はい。ええと……二十分です」

「八尾君。すぐに自分の荷物を取ってきなさい。エリカたちの部屋へ一旦入れるといい」

ひとみは少しの間、ぼんやりと立っていたが、エリカに、

「八尾さん！」

と呼ばれると、ハッと我に返って、

「すみません。じゃ、すぐに――」

と、急いで駆け出していこうとして、振り向き、

「桂木さん――。先生に」

「私から申し上げておきます」

「よろしく！」

「エリカ、一緒に行け」

「うん」

エリカは、ひとみを追って駆けていった。

「――大変だなあ、不倫するのも」

と、千代子が感心したように言った。

桂木が、

「私は男湯の方へ行って参ります」

と、足早に姿を消す。

「もう一人泊まっても大丈夫かな」

と、クロロックは訊いた。

「ええ、三人じゃ広過ぎるくらいですから」

と、千代子が肯く。

「――おそらく、寺西とやらの妻君《さいくん》は、夫が恋人とここへ来ているのを知っていて、やって来たのだろうな」

と、クロロックは言った。

「そうでしょうか？」

「八尾ひとみもそれは分かっている。だから、いっそ逃げ隠れしないで奥さんと対決しようかと迷っていたのだ」

「そんなこと……」

「そうしなくて良かった。いざとなれば、寺西は妻や子を捨てはしない。結局八尾ひとみが捨てられて終わりだ」

「たぶん……そうですよね」

と、千代子は言って、肯いた。


八尾ひとみは、ハンガーに掛けてあった服を急いでバッグの中へ放り込んだ。

「他に何かあったかしら……」

「化粧品とかの洗面道具は？」

と、エリカが言うと、

「そうだった！　洗面所だわ」

と駆けていく。

「大丈夫ですよ。あわてなくても、まだ時間はあります」

と、エリカは言った。

「でも、船が早く着くかも……」

と、ひとみは化粧品などをバッグへ入れてから、手を止め、

「分かってるんだわ」

と言った。

「八尾さん……」

「奥様は分かっててここへみえるんだわ。どうせなら……。せめて明日にしてくれればいいのに」

「落ちついて。さあ、私たちの部屋へ行きましょう」

と、エリカが促す。

「私……ここで奥様のみえるのを待っていようかしら」

「でも――奥さんだけじゃないんでしょ？　桂木さん、そう言ってましたよ」

ひとみはハッとして、

「そうだわ。里沙《りさ》ちゃんも一緒なのね。まさか、里沙ちゃんの前で、奥様と言い争うわけにはいかないわ」

「さあ」

「行きます。――エリカさん、でしたね。お邪魔していいんですか」

「ええ、もちろん」

「じゃ、お言葉に甘えて……」

と、ひとみはていねいに頭を下げて、部屋を出ようとして足を止めた。

そして、明るい照明の下、誰もいない部屋の中を見渡すと、

「――お待たせしました。行きましょう」

エリカは、ひとみの頬を涙が伝い落ちていくのを見ていた。

二人は廊下を足早に辿って、もう振り返らなかった……。

夜の森

エリカはふと目を覚ました。

——やはり吸血鬼の血筋、夜の方が神経は敏感になっているのかもしれない。

暗い部屋の中、千代子《ちよこ》とみどりの寝息は聞こえている。特にみどりの寝息は盛大である。

「——ひとみさん?」

エリカは起き上がった。

八尾《やお》ひとみの姿がない。

午前二時を少し回っていた。——もちろん温泉は二十四時間入れるので、一風呂浴びに行ったとも考えられるのだが……。

しかし、今のひとみの精神状態では、のんびりお湯に浸かるという気分じゃないだろう。

エリカは起き出して、そっと部屋を出た。

廊下は冷える。

エリカは父親譲りの耳を持っているので、人間には聞こえないかすかな音も聞き取れる。

じっと耳を澄ましていると、かすかに会話らしいものが聞こえてきた。

すこし廊下を進んでいくと、

「先生……」

と、呟《つぶや》くようなひとみの声。

そっと覗くと、廊下の片隅で、ひとみとあの寺西《てらにし》という教授が会っていた。

「まあ、今夜は仕方ないよ」

と、寺西が言った。

「でも――三泊されるんでしょ?」

「うん。それは予約したからね」

「奥様も?」

「そのつもりのようだ」

「じゃあ……。この旅館の中では、いつバッタリお会いするか分かりませんものね」

「まあ、君にはすまないが……」

「明日《あす》帰れ、とおっしゃるんですね」

「そうするしかないだろう、朝一番の船でね」

寺西の言い方は冷たかった。

「分かりました」

ひとみは泣くのを何とかこらえているようだった。

「でも——帰られたら、また会ってくれますよね」

「なあ、ひとみ。——分かってるだろう。女房は君と俺のことを、ちゃんと承知してる。当分は会わない方が無難だ」

「そんな……。多少の危険は仕方ないじゃありませんか」

と、ひとみがすがるように寺西の胸をつかむ。

「分かってくれよ。俺はＴＶにも出て顔が知られてる。どこで誰に見られてるか分からないんだ」

「先生――」

「しっ！　声を低く」

寺西は左右へ目をやって、

「またこっちから連絡するから。ね、聞き分けてくれ」

エリカの目にも、寺西がすでに逃げ腰になっていることははっきり分かった。

「私以上に、先生のお言葉を『聞き分けて』いる女の子はいません」

と、ひとみは涙をためた目で寺西を見ていた。

「うん、分かってる。また――きっといつか、二人で旅行しよう。いいね？」

口先だけだ。

寺西はひとみを抱き寄せてキスすると、

「もう戻らないと。――女房に怪しまれる。それじゃ」

「先生……」

ひとみが何か言いかけても、寺西は聞こえないふりをして行ってしまった。

恋愛に関してはあまり慣れていないエリカにも、寺西がたぶん二度とひとみに会おうとしないだろうということはよく分かった。

ひとみが肩を落とし、しょんぼりと歩きかけたときだった。

「やっぱりね」

と、声がした。

廊下の奥に、細身の女性が立っている。

「奥様……」

「こんなことだと思ったわ」

あれが寺西の妻か。

「奥様。――私は明日の朝帰ります」

「明日の朝？ 図々しい子ね。今すぐ、出てってほしいわ」

「でも……船がありません」

「ともかく、あんたのような女が同じ旅館にいると思うだけで腹が立つの」

と、寺西の妻は言って、ひとみの顔を覗き込むようにすると、

「泣いてるの？ 当然よね。人を泣かせるようなことをしたんだもの。それくらいは苦しんでもらわないと」

「奥様……」

「ここの山の中を抜ける道があるそうね。夜中でも、あなたなら大丈夫でしょ。人の道に外れたことを平気でする女ですものね」

ひとみが固く唇をかみしめる。

「いいこと、朝になって、まだあんたがこの旅館にいたら、ただじゃおかないから」

と、寺西の妻は言った。

「やめて下さい。里沙《りさ》ちゃんの前で争ったりしたくありません」

「娘のことにまで気をつかってくれなくていいわよ」

「すみません」

「分かったわね。それじゃ。——夜の間は好きにしていいわよ。せっかく温泉に来たんだから、一風呂浴びたら？」

そう言って、寺西の妻はちょっと笑うと、パタパタとスリッパの音をたてて行ってしまった。

——ひとみは、よろけるような足どりで廊下をやって来ると、エリカに気づいた。

「エリカさん……」

「無茶言いますね、あの奥さん」

と、エリカは言った。

「朝の船で帰ればいいですよ。いくら何でも――」

「ありがとう。大丈夫です。無茶はしませんから」

と、ひとみは言った。

「でも、朝早く起きるんで、エリカさんたちにご迷惑をかけると……」

「平気ですよ。そんなことで起きたりしません」

「でも……。旅館の人に頼んで、部屋を替えてもらえないか、訊《き》いてみます」

そう言うと、ひとみは足早に行ってしまった。

エリカとしても、何とも言いようがない。

部屋へ戻って、布団に入ると、少ししてひとみが戻ってきた。

「――エリカさん、お邪魔しました」

と、小声で、

「小さな部屋が空いてたので、そこへ移ります。お世話になりました」

「いいんですよ、私たちなら」

「いえ、やっぱり朝早くバタバタしますから。――それじゃ」

ひとみは自分の荷物を手に、一礼して部屋を出ていった。

エリカは布団に潜って、

「恋は涙かため息か……」

と呟いた。


ひとみは廊下へ出て少し行くと、ちょっと左右へ目をやってから、肌寒い廊下で着替えをした。

部屋を替わったというのは嘘だった。

朝になれば、寺西の妻は本当に騒ぎを起こしかねない。そして、そのとき寺西は全くひとみを助けてはくれないだろう。

そんなみじめな思いをするのなら、いっそ本当に夜中のうちに山の中の道を歩いていこうと思ったのである。

夜中に、果たして道が分かるかどうか。

しかし、ともかく今は旅館から離れることしか頭になかった……。

庭へ出る戸がある。その鍵をあけ、そっと外へ出た。

空気は冷たく、凍《こご》えるようだった。

庭先を回って、表へ出られるはずだ。

ひとみはバッグを手に、歩き出した。

一旦旅館の玄関先に出て、船着場への道を辿る。その途中に、山中へ入る細い道があったのを憶えていた。

ただ、それがどこへ続く道か、知らなかったが……。

「ともかく――行ってみよう」

バッグを持ち直すと、ひとみはその細い踏み分け道を上り始めた。

しかし、少し行くとすぐに道は分からなくなった。船着場の方の明かりは届かないし、月が出ていて、月明かりで分かるかと思ったのだが、何しろ深い木立の中だ。木々に遮《さえぎ》られて、足下も見えない。

十分もたたないうちに、ひとみは足が進まなくなってしまった。

ともかく道がどこなのか、全く分からず、といって戻るにも、どの方向に旅館があるのか分からない。

「どうしよう……」

と、ひとみは呟いた。

朝になるのを、ここで待つか。

まだ何時間もあるだろうが、わけも分からずに歩いて、崖から落ちでもしたら大変だ。

それに、気温はどんどん下がって、体の芯まで冷えてくる。

「朝の船まで待ってればよかった……」

と、後悔したが、今さらどうしようもない。

そのときだった。

近くで、ザザッと枝が揺れるのが聞こえた。

え？　何だろう、今の？

注意していると、周囲の木々の間を、何かが動いている。暗くて姿は見えないが……。

まさか――熊とか猪とかライオン――はいるわけないが――。

「何よ！」

と、ひとみは大きな声を出した。

「誰かいるの？」

大声を出せば、獣は寄ってこないかと思ったのである。

しかし、何かが木立の間を駆け抜けて、真っ直ぐにひとみの方へと突き進んでいた。

痕　跡

「おはよう」

エリカは父、クロロックを見ると、声をかけた。

朝食は旅館の一階の大食堂でとることになっている。

「起きたか」

「千代子《ちよこ》は今支度してくる。みどりはまだ寝てる」

「一向に進歩がないな、三人とも」

「お母さんは？」

「まだ寝とる」

「何だ。虎《とら》ちゃんも？」

「ゆうべ、ＴＶの深夜映画を見始めて、ついに終わりまで見てしまったのでな」

「温泉に来て、TV見なくても……。何の映画やってたの？」

「〈吸血鬼ドラキュラ〉だ」

エリカは危うく椅子から落っこちるところだった。

「おはようございます」

マネージャーの桂木《かつらぎ》がやって来た。

「ゆうべはゆっくりおやすみになれましたか？」

「ええ、どうも」

と、エリカは言って、大食堂へ入ってきた寺西《てらにし》と妻、そして女の子の三人へと目をやった。

「桂木さん」

と、エリカは少し小声で、

「八尾《やお》さんですけど、どの部屋に移ったんですか？」

「は？」

桂木はふしぎそうに、

「八尾様は確かそちらのお部屋に――」

「ええ。でも、朝が早いからって、他の部屋に移してもらったと言って……」

「私は聞いておりませんが。——ちょっとお待ち下さい。夜勤の者に訊《き》いてみます」

「すみません」

桂木が行ってしまうと、エリカはゆうべのことをクロロックに話した。

「——なるほど。空《むな》しいな、そんな男を愛しても」

「ねえ。でも、他人があんまり口出しするのも……」

「確かにな。しかし、当人には見えず、他人の目にこそ分かることもある。忠告は悪いことではないぞ」

と、クロロックは言った。

朝食をとっていると、桂木が戻ってきて、

「やはり、ゆうべ部屋を移られた方はありません」

と言った。

「え？　じゃあ……。ひとみさん、どうしたのかしら」

エリカはクロロックを見て、

「まさか、本当に山の中に……」

クロロックが、ちょっと難しい表情になって、

「実はゆうべ夜中に、かすかにだが、悲鳴のようなものを聞いた」

「お父さん――」

「動物の鳴き声かもしれんと思ったが、どうも気になっていた。もしかすると、あれは……」

「この山の中に、人を襲うような動物はいないと思いますが」

と、桂木は言った。

そのとき、旅館の若い従業員が駆けてきた。

「桂木さん！」

「どうした。お客様の前だ」

「あの……船着場の近くに、若い女の人が……」

エリカとクロロックは顔を見合わせた。

まさか……。

「喉をかみ切られておる」

クロロックは布をめくって、一目見ると、ため息をついて言った。

「ひとみさん……」

エリカは、ひとみの変わり果てた姿に、涙ぐんで、

「止めればよかった……」

「しかし、こんな獣がいるとは聞いたことがありませんが」

桂木は呆然としている。

「他殺だしな。警察へ連絡しなさい」

「かしこまりました。しかし、ここはお客様が通られるので……」

「動かすわけにいくまい。布で覆って、囲いをしておくといい」

「そうします。――おい！」

桂木が若い者に命じている。

そこへ、話を聞いたのか、寺西の妻がやって来た。

「寺西先生の奥様――」

「寺西久美子《くみこ》と申します」

と、クロロックたちへ会釈《えしゃく》して、

「何ですか、八尾ひとみさんが亡くなったと……」

「ゆうべ、夜中に山の中へ入って、獣に喉をかみ切られたんです」

と、エリカは言った。

「まあ、気の毒に。どうしてそんな無茶をなさったんでしょうね」

平然としている寺西久美子に、エリカも腹が立って、

「あなたがそうしろとおっしゃったんじゃありませんか！　私、聞いてたんです」

「あら、そう」

久美子は少しもひるむことなく、

「まさか、あの言葉を真に受けて、夜中に出かけるなんて、思いもしなかったもの」

と言った。

「──あんたの夫は知っているのかね」

と、クロロックが訊く。

「ええ。でも、ここへは来ませんわ。主人とはもう切れてたんです」

久美子はそう言って、そのまま立ち去ろうとした。

久美子の足が止まった。そして、

「里沙《りさ》。——何しに来たの？　こんな所へ来ちゃだめ！」

中学生らしい少女。寺西の娘の里沙だ。

「八尾さん、死んだの」

「そう。——さあ、戻りましょ」

と、娘の肩に手をかける。

「待って」

里沙は布をかけた八尾ひとみの死体の方へ歩み寄ると、両手を合わせ、目を閉じた。

「里沙。——あんな女に、どういうつもり？」

と、久美子が不満げに言った。

「死んだ人には罪ないよ」

と、里沙は言った。

「お母さん、いつもそう言ってるじゃないの」

「それは……。でも、これは別」

「お母さん。——可哀そうじゃない、八尾さん」

「どこが可哀そうなの？　あの女はうちの家庭を壊そうとしたのよ」

「でも、あの人だけのせい？」

と、里沙が言い返す。

「里沙……」

「誘ったのは、お父さんの方かもしれないじゃないの」

と、里沙は真っ向から母親を見つめて言った。

「お父さんが知らん顔してるのもひどい！」

「里沙……」

久美子は、娘の思いもかけない言葉に、たじろいでいた。

「お母さんだって、ちっともお父さんにやさしくしてないじゃないの！　そのくせ、お父さんが他の女の人と付き合うと、女の人ばっかり悪いように言うんだから」

「子供には分からないのよ」

「私、八尾さんと話したことあるもの。やさしくていい人だった。お父さんなんかにはもったいない人だった」

「里沙！」

久美子は、娘が旅館の方へと駆け戻っていくのを、青ざめて見送っていたが、やがて胸を張り、八尾ひとみの死体の方には目もくれずに自分も旅館の方へと歩き出した……。

消　失

昼間は温泉大浴場も空《す》いている。

エリカは、午後になって一度お湯に浸かることにした。

入っていたのは一人だけ。——寺西《てらにし》の娘、里沙《りさ》だった。

「あ……」

と、エリカを見て、

「吸血鬼みたいな人の娘さんですね」

「神代《かみしろ》エリカよ。父はクロロック。——実は本物の吸血鬼なの」

「凄くやさしそうな吸血鬼ですね」

もちろん信じるはずがない。

「——部屋にいると、母とケンカになるんで、お風呂に入りに」

「そう。でも、あなたもやさしい人ね。聞いていてよく分かったわ」

「大人の恋だからって、裏切っちゃいけないとか、傷つけないようにするとか……。そういうことって、同じだと思うんです」

と、里沙は言って、少し照れ、

「中学生のくせに生意気かもしれないけど」

「いいえ。あなたは正しいと思うわ」

「ありがとう」

里沙はホッとしたように微笑んだ。

そして、ちょっと目を伏せると、

「でも——八尾《やお》さんはもう生き返りはしないんですものね。あんな人を死なせて平気だなんて、お母さん、何を考えてるんだろ！」

と言って、里沙はお湯の中で向きを変え、山並が遠くに望める方を見たが、

「キャッ！」

と、声を上げた。

「誰かいる！」

エリカは振り向くと──確かに、目隠しに植えた植え込みの向こうを、黒い影が素早く駆けていくのを見た。

「里沙ちゃん、覗いてたの、誰だか分かった?」

「いいえ……。ただ目が茂みの間から……」

ただの「覗き」ではないような気がした。

「出ましょうか」

と、エリカが促し、二人は早々に上がることにした。

ロビーへ出てくると、クロロックが外から戻ってくるところだった。

「お父さん、どうしたの?」

「うむ……妙なことでな」

クロロックの後から、桂木《かつらぎ》がやって来て、

「わけが分かりません」

と、首をかしげている。

「何かあったの?」

と、エリカが訊《き》くと、桂木が困惑の表情で、

「実は……八尾さんの遺体が消えてしまったのです」

「消えた？」

「警察へ連絡して、先ほどの船で来ていただいたのですが、囲いの中を覗くと、遺体が消えてしまっていて」

「お父さん。――どういうこと？」

「分からん」

クロロックは難しい顔で、

「誰かが持ち去ったか……」

「他に考えられる？」

クロロックは少し間を置いて、

「死体が自分で姿を消したか、だな」

と言った。

「それは女の恨みよ」

と、涼子《りようこ》が自信たっぷりに言った。

「それって、どういう意味?」

と、エリカが訊くと、

「愛した男に捨てられ、その妻にいじめられて死んだんだもの。生き返ってでも、仕返ししたくなるわよ」

「へえ……。お母さんは妻の立場じゃない」

「そうよ。でも、男を愛することにおいては、妻も愛人も同じ」

「ワア」

虎《とら》ちゃんが手を振り回して喜んでいる。

まさか母親とエリカの話が分かるわけじゃあるまい。

——夕食の席は、本来部屋で食べてもいいのだが、エリカたちを入れると人数も多いので、大食堂でとることにした。

エリカ、千代子《ちよこ》、みどりも一緒だ。

「——どうですか、お味は」

桂木がテーブルの方へやって来た。

「やあ。結構だ」

と、クロロックが言った。

「明日、裏山の捜索を行うことになりました」

と、桂木が少し小声になって、

「何か危険な生きものがいたら大変ですから」

と言った。

「それはいいことだな」

と、クロロックは肯《うなず》いて、

「ところで――見つかったかね？　それこそ手掛かりでも？」

むろん、消えた八尾ひとみの死体のことである。

「いいえ、一向に」

と、桂木は首を振って、ため息をついた。

「来て下さった警察の方にも叱られるし、散々です」

「妙な話だな。――まあ、いずれ真相が分かる日も来る」

「だといいのですが」

桂木は、他のテーブルへ挨拶に回っていった。

クロロックたちのテーブルから大分離れて、寺西一家が食事をとっていた。

しかし、寺西一人が、取りとめのないおしゃべりをしているだけで、妻の久美子《くみこ》も娘の里沙も、黙って食べているばかり。

桂木が寺西のテーブルへ回っていったときだけ、久美子が愛想良く微笑んで話をしていた。

「八尾ひとみの家族は？」

と、千代子が言った。

「知らせたらしいけど、ともかく遠いのよね。ここまで来るのには二、三日かかるみたい」

と、エリカが答えた。

「でも、死体が失《な》くなっちゃったんじゃね」

「そうだね……」

――エリカは食事を終えて大食堂を出ると、ロビーの傍《そば》の売店に行った。

多少はお土産を買う必要もある。涼子から、

「ご近所に配るのを、適当に買っておいてね」

と言われているのである。

「人づかいの荒い母親……」

と、ブツブツ言いながら、エリカはお菓子を見て回った。

「エリカさん」

振り返ると、寺西里沙が立っている。

「どうしたの？」

「ちょっとお話が……」

と、里沙は言った。

闇に消える

夜の庭は、身震いするほど寒かった。

寺西久美子《てらにしくみこ》は、苛々《いらいら》と庭を歩き回りながら、

「何してるの……。もう……」

と、文句を言っていた。

「お待たせして」

突然背後で声がして、久美子はびっくりして飛び上がりそうになった。

「ああ驚いた！　いつの間に？　足音がしなかったわ」

「静かに歩くのは慣れています」

と、桂木《かつらぎ》は言った。

「そういう商売ですから」

久美子は周囲を見回して、

「大丈夫？　誰もいないわね」

「ご心配なく。確かめてあります」

と、桂木は肯《うなず》いた。

「あなた……」

久美子は桂木に抱きつくと、唇を重ねた。

「後で里沙《りさ》さんに気づかれますよ。あの子は利口な子です」

「大人のことには口出しさせないわ」

と、久美子は言って、甘えるように、

「離れは？　お客いないんでしょ？」

「空いてはいますが……。時期が悪くありませんか？」

久美子はちょっと顔をしかめて、

「八尾《やお》ひとみが死んだから？」

「それもありますが……」

「だいたい、死体が消えるなんて、どういうこと？」

「それは分かりません、私にも」

「無責任なこと言わないで。あなたが勧めたのよ、あ、の、手、を」

「念を押しましたよ。本当にいいのか、と」

「あなたが大丈夫だと言うから――」

と言いかけて、久美子は思い直したように、

「まあいいわ。今夜はあの女のことなんか忘れましょうよ」

「ご主人が――」

「あの人はTVのサッカー中継に夢中。私が朝まで帰らなくても気にしないわ」

「それなら……」

二人は、離れに入ると、明かりをつけ、カーテンを引いた。

「布団を敷きます」

桂木は押し入れを開け、布団を敷いた。

「明かりを消して」

と、久美子は言った。

「つけておいた方が。――例の獣が寄りつきませんよ」

「部屋の中なのに……。まあ、明るくてもいいけど」

布団に座ると、久美子は、

「それにしても、あの獣って何なの？」

「さあ。私も見たことはありません」

桂木は上着を脱ぎ、ネクタイを外した。

「そんな獣が山の中に潜《ひそ》んでるなんて、怖いわね」

桂木がちょっと笑った。

「何がおかしいの？」

「いや、奥さんの方がよほど怖いと思って」

「まあ、そういうこと言うの？」

と、久美子は桂木を布団に押し倒して、

「あなたを食べちゃいたいわ」

と囁《ささや》いた。

「それは逆だな。──私のほうが奥さんを食べますよ。喉をかみ切ってね」

「いやなこと言わないで。思い出してもゾッとするわ」

「しかし、あれがお望みだったんでしょ?」

「それはそうだけど……」

久美子は起き上がると、

「ね、やっぱり明かり、消しましょうよ。落ちつかないわ」

と言った。

そして、明かりのスイッチを押しに行ったが——。

部屋が暗くなると、急にカーテンが開き始めたのだ。

「え? どうしたの?」

手を触れていないのに……。

庭の光景がガラス戸の向こうに見えた。

誰か立っている。——それはやがて近づいてきて、薄明かりの下に立った。

「まさか!」

と、久美子は叫んだ。

立っていたのは、八尾ひとみだった。

首をかみ切られたままの姿で、目を見開き、じっと久美子の方をにらんでいる。

「やめて！　私がやったんじゃない！」

と、久美子は震える声で言った。

「桂木さん！　助けて！」

と、久美子は振り向いた。

桂木は立ち上がっていた。——別人のように凶悪な表情になっていた。

「桂木さん……」

「一人じゃすまないんだ」

「え？」

「見なさい。あの女は仕返ししたがっている。あなたを殺そうとしてる」

「桂木さん——」

「あの女を殺したのは私だ」

「何ですって？」

「あの女が奥さんを殺したとしても、怪談話になるだけでしょうね」

「何ですって？」

桂木が突然両手でがっしりと久美子の首をつかんだ。久美子はもがいた。

「苦しい……。やめて……」

「あなたの罪の報いですよ」

桂木が口を開けると、鋭く尖《とが》った牙が覗いた。そして、久美子の首筋へとかみつこうとしたとき、

「待て！」

と、空気を震わせるような声と共に、ガラスが砕け、桂木と久美子の体は二、三メートルも吹っ飛んだ。

「お母さん！」

里沙が駆け込んでくると、久美子の手をつかんで引っ張った。

「早く逃げて！」

「里沙——」

二人が庭へ転がり出ると、入れ違いにクロロックが桂木の前に立ちはだかった。

「——あんたか！」

桂木は起き上がると、

「邪魔しないでくれ！」

「人狼《じんろう》の真似はよせ。お前はただの人殺しだ」

「これは宿命なんだ！　あんたなら分かるはずだ」

「宿命などというものはない。お前は病気なのだ」

桂木がクロロックへとつかみかかった。

しかし、クロロックの敵ではなかった。桂木の体は庭へと放り出された。

八尾ひとみの死体を後ろで支えていたエリカは、

「桂木さん。あなたは人間なんですよ」

と言った。

「そんな……。私は狼の生まれ変わりなんだ！」

「病院で治療を受けろ」

と、クロロックが言った。

「私は……罰したんだ。人の道に外れた女を」

「どの道が正しいか、決められる者はいない」

「私は……私は……」

桂木はよろけると、森の方へと駆け出した。

「待て！」

クロロックと、それに続いてエリカも桂木の後を追った……。

静かな朝が〈嵐山荘《あらしやまそう》〉に訪れた。

吐く息が白い。

「――見つけました」

警官がやって来て、息を弾ませながら言った。

「どこで？」

と、クロロックが訊《き》く。

「谷底に落ちていました。首の骨を折って即死したようです」

「そうでしたか……」

ロビーには寺西親子がいた。エリカも。

「お父さん……」

「桂木は、自分が狼人間と信じていたのだ。夜の森の中を自在に駆け回れると思ったのだろう」

「それで谷底へ……」

「どうしてあんなことに？」

と、里沙が言った。

「当人が死んでしまったから、正確なところは分からんがな。客商売で、いつもいつも客に頭を下げ続けるうち、桂木の中に、憎しみがたまっていったのだろう」

「その捌《は》け口に？」

「前にも、八尾ひとみと同じ立場で、夜の間に逃げなければならない若い女がいたらしい。桂木はその女を送っていく途中、山中で襲って殺したのだ」

「それで自分が人間でないと信じ込んだのね」

「人間を罰するために、自分が狼の化身《けしん》としてここにいると思ったのだろうな」

クロロックは難しい顔で、

「人間、自分が他人とは違う特別な存在と思うと、どんなことも平気でやれる。怖いものだ」

「八尾さんの死体を隠したのは――」

「私だ」

と、クロロックは言った。

「犯人の予想を裏切ることで、焦りを誘おうと思った」

「お母さん」

と、里沙が言った。

「今ごろ殺されてたかもしれないんだよ」

「ええ……。後悔してるわ」

「八尾さんを許してあげてね」

「ええ」

久美子は涙ぐんで肯いた。

「私が悪かった」

と、寺西が言った。

「ひとみに申し訳ないことをした……」

——クロロックとエリカは旅館の外へ出た。

「こういう所へ来る道ならぬ恋のカップルは、身許を伏せたり、家族にも内緒だったりするから、他にも行方不明の人がいるかも……」

と、エリカは言った。

「それは警察が調べるだろう」

クロロックは深く息をついて、

「朝の冴えた空気は気持ちがいいな」

と言った。

「船だ」

朝一番の船が、紅葉を映す水面を、滑るようにやって来るのが、エリカの目に入った。

「――秘湯《ひとう》には用心することだな」

と、クロロックは腕組みして、

「ハックション！」

と、派手にクシャミをした。

吸血鬼は怒りの日に

こだま

ふと顔を上げて、

「もう、こんな時間か……」

と呟《つぶや》くと、ミケーレ神父は息をついてメガネを外した。

つい、文献を読み始めると、時のたつのを忘れてしまう。

「ああ……」

立ち上がると、ミケーレ神父は腰を叩いて、

「長く座っとるとくたびれる」

と、もうずいぶん古くなった椅子を軽く叩いた。

新しい椅子一つぐらい、ミケーレ神父が頼めば買ってくれるだろう。しかし、古くて、座るとキイキイ音をたてても、神父はこの椅子が好きだった。

それに、このS女子大は、どこの私立大も同様だが、経営が苦しく、椅子一つだって買ってもらうには、何枚も書類を出さねばならない。

「私にはふさわしいか……」

年老いた神父に、年老いた椅子。お似合いかもしれない。

ミケーレ神父は帰り仕度をした。——仕度といっても、何もない。

ミケーレ神父は、自分の研究室を出ると、夜のS女子大のキャンパスを歩いていった。

ミケーレ神父は七十三歳。このS女子大でラテン語を教えている。

「おお、冷えるな……」

風が吹いてくると、頰に冷たい。神父は首をすぼめた。

もう十一月も下旬で、夜ともなれば、晩秋よりもすでに冬だ。

S女子大のキャンパスは郊外にあるので、中はかなり広い。予算的には赤字でも、ゆったりとした構内だけは快適だった。

ライトがチラチラとミケーレ神父の顔に当たった。

「ミケーレ先生、今晩は」

ガードマンの池下《いけした》である。むろん神父も顔なじみだ。

「やあ、池下君」

「ずいぶん遅いですね。勉強ですか」

制服姿の池下は、まだ二十七、八の青年である。

「つい時間のたつのを忘れてね」

「そいつは、よほどの美女ですね」

「ああ、少し埃《ほこり》っぽいがね」

と、神父は笑って言った。

このS女子大で教えるようになって、すでに二十年以上。神父の日本語はもう全く日本人と変わらない。

「お気をつけて」

「おやすみ」

神父は校門へと再び足を早めた。

――ラテン語を教えるといっても、今やドイツ語、フランス語を習う学生さえ減っている時代だ。ラテン語を学ぼうという「物好きな」学生は年に二、三人しかいない。

それでもクビにならないので、神父は他の大学の教授たちから、

「羨《うらや》ましい」

と言われる。

とはいえ、ミケーレ神父はもう七十三歳で、今でもS女子大を辞めないのは、他にラテン語を教えられる者がいないからだった。

それに、イタリア人として、時折日本のTVにも出るミケーレ神父は、S女子大の「広報担当」でもあったのである。

校門まで、あと少し、という所で、神父は足を止めた。

——音楽のようなものが、かすかに聞こえてきたのだ。

「はて……。この曲は……」

合唱らしく聞こえる、その旋律に、ミケーレ神父は聞き憶えがあった。

そうだ、これはおそらく——。

そこで、神父の思考は断ち切られてしまった。

——何の音だ？

ガードマンの池下は、足を止めて振り返った。

何か妙な音がした。ビシッというか、バシッというか……。

大きなムチで地面を打った、というような音だった。

何だか気になって、池下は校門の方へと歩き出した。音がしたのは、あのミケーレ神父が歩いていった方角のように思えたのである。

「——ミケーレ先生？　大丈夫ですか」

と、呼びかけてみたが、返事はなかった。

キャンパス内は暗いが、校門は照明で照らし出されている。——その手前に、何か地面に横たわっている黒い物が見えた。

池下は小走りになった。ミケーレ神父が倒れている、と直感的に思ったからだ。

「ミケーレ先生！」

駆け寄った池下は、ライトを向けて、立ちすくんだ。

それはミケーレ神父に違いなかった。だが、全身が黒く焼けこげて、服は白く煙を上げていたのだ。

「どうなってるんだ！」

池下は震える手でケータイを取り出し、一一九番へかけた。しかし、かける前に、二度もケータイを取り落としてしまった……。

「あれ、電話だ」

と、エリカが食事の手を止めて言った。

「珍しいわね、家の電話に」

と、涼子《りようこ》が言って、

「はい、虎《とら》ちゃん、食べないと大きくならないわよ。アーン」

「出てみるよ」

と、エリカは席を立って、居間の電話へと急いだ。

今はみんな自分のケータイを持っているので、家の電話へかかってくることはあまりない。

「――はい」

と、エリカが受話器を上げると、

「あの――フォン・クロロック様のお宅で」

女性の声だ。

「そうです」

「クロロック様はおいででしょうか。私、ミケーレ神父の所の横井今日子《よこいきょうこ》と申します」

「あ、エリカです。ちょっとお待ち下さい」

エリカは父の方へ、

「お父さん。ミケーレ神父さんの所のお手伝いさん」

「何かな」

クロロックが立ってくる。

「何だか、声がおかしかった」

と、小声で言って、エリカは父に受話器を渡した。

「お待たせした。——どうも。——何ですと?」

クロロックの声が高くなった。

フォン・クロロックは黒いマントを身につけた格好の通り、ヨーロッパから渡ってきた「本物の」吸血鬼一族。

日本で出会った女性との間に生まれたのが、神代《かみしろ》エリカである。

今、N大の学生であるエリカ。母、涼子は後妻で、何とエリカより一つ若い。

「――分かりました。すぐに参りましょう」

と、クロロックは電話を切ると、

「ミケーレ神父が亡くなった」

と言った。

「何があったの？」

と、エリカが訊《き》くと、

「どうも、妙な状況で亡くなったらしい」

と、クロロックは難しい顔で言った。

「妙な？」

「S女子大へ行ってくる」

「あなた、食事は？」

と、涼子が声をかける。

「後で私が温めるわ」

と、エリカは言った。

「お父さん、私も行く」

「そうしてくれるか」

クロロックとエリカはすぐに仕度をして出かけた。

タクシーを拾って、S女子大へ向かう。

「——いい人だったのにね」

と、エリカは言った。

「うむ……。人間味のある、懐《ふところ》の深い人だった」

吸血鬼と神父が仲良しというのは妙かもしれないが、元来、吸血族はキリスト以前から存在しているのだ。吸血鬼が十字架や聖水に弱い、とされているのは、いわばキリスト教の「PR」のためのフィクションなのである。

やがてS女子大が見えてくると、

「パトカーが来てる」

と、エリカは言った。

——それは「変死」事件に違いなかった。

「これはひどい」

と、クロロックは死体を見下ろして顔をしかめた。

「どうして神父様がこんなことに……」

と、電話してきた、ミケーレ神父の所のお手伝い、横井今日子が涙をこらえ切れずにハンカチで拭《ぬぐ》う。

横井今日子は今、五十過ぎくらいか。ミケーレ神父の所で働くようになって十年近くたつという。

「——落雷じゃないかと」

と、ミケーレ神父と直前に会ったというガードマンが言った。

「雷鳴でも？」

と、クロロックが訊く。

「いいえ、全く。でも警察の人は、『ボーッとしてて聞こえなかったんだろう』と言って……」

「想像力に欠けた連中だな。自分たちの理解力の範囲を超えると、拒否反応を起こすのだ」

「いくら何でも、雷が鳴っていれば気づかないわけがありません」

と、ガードマンの池下が言った。

「音楽らしいものは聞こえましたが……」

「音楽?」

と、クロロックは眉を寄せて、

「何の音楽だね?」

「いえ、それは……。よく分かりません」

クロロックは、夜のキャンパスを、鋭い目つきで見回していた……。

スキャンダル

アーア……。

欠伸《あくび》をしかけた橋口《はしぐち》みどりを、エリカは素早く肘でつついた。

「みどり！　我慢してよ」

と、小声で囁《ささや》く。

「ごめん……。でも私、お葬式って、眠くなっちゃうんだ、昔から」

そりゃ分かるけどね……。

エリカだって、退屈していないわけじゃない。しかし、眠気を誘われずにはいられないほど、その〈学園葬〉が形式的なものだったのも確かである。

神父なのだから、当然教会で正式な葬儀は行われたのだが、一方、「長い間教壇に立った」S女子大としても、別に〈学園葬〉をやることになった。

今日、クロロックはどうしても抜けられない大切な取引先との会合があって、

「すまんが、代わりに行ってくれんか」

と、エリカが頼まれてしまった。

エリカはエリカで、N大の親友、大月千代子《おおつきちよこ》、橋口みどりの二人と一緒に映画を見に行くことになっていた。しかし、父の頼みを断り切れず、それにエリカ自身、ミケーレ神父をよく知っていたこともあって、映画の前に〈学園葬〉に出ることにしたのである。

ついでに、と言うのも妙だが、大月千代子、橋口みどりの二人も一緒に来てしまった。

S女子大の講堂。——正面には、花に埋もれて、ミケーレ神父の穏やかな笑顔の大きな写真が飾られていた。

千代子、みどりの二人も、ミケーレ神父に会ったことはある。

「すてきなおじいちゃん、って感じだったよね」

と、千代子は言った。

「イタリア人だけあって、どことなくお洒落《しやれ》だった」

と、みどりも肯《うなず》く。

献花が始まっていた。

講堂を埋めた学生たちが一輪ずつ花を祭壇の献花台に置いていく。

「ミケーレ先生を偲《しの》んで」

といった長たらしい挨拶が続いた後なので、学生たちもホッとしている様子だった。

「学生が終わったら、私たち」

と、エリカは言った。

「そろそろ立とうか」

いい加減、お尻が痛くなってきていたせいもあり、エリカたち三人は、椅子から立って、学生たちの列の後ろについた。

一般の人たちも、エリカたちと共に列についた。

「TVカメラが入ってる」

と、みどりが目ざとく見つける。

振り返ってみると、なるほどいくつかのTV局のニュース用のカメラが入って、

〈学園葬〉の様子を映していた。

ミケーレ神父がときどきＴＶに出て、イタリアの文化や芸術について話したりしていたせいだろう。

日本語の話せるイタリア人、として便利な存在だったのだ。

──エリカは、献花台の手前で、すぐ横に並んでいる親子が、何だか気になった。

母親と娘だろう。娘はまだせいぜい八つか九つ。母親に手を引かれている。

黒いスーツの母親は日本人で、四十歳前後というところか。化粧っ気のない、地味な印象の女性だ。

手をつないでいる女の子の方は、母親とはあまり似ていないで、ふっくらとした愛らしい顔立ち、そして髪は明らかに金髪だった。

誰だろう？

いや、もちろんミケーレ神父のことを知っている人は多かっただろうし、色々な知り合いがいてふしぎはない。

ただ──献花の列に並びながら、その女性はこみ上げる涙を抑えられない様子で、左手に握りしめたハンカチで、何度も涙を拭《ぬぐ》っていたのだ。

しかし、拭ってもまた涙はとめどなく溢《あふ》れてくるようで……。

この悲しみようは、ただの知り合いとは思えないのだった。

そして、献花の順番が回ってきたとき、その母親が、

「これをお写真の前に置くのよ」

と、花の一輪を娘に手渡した。

小さな女の子にしてみると、それまで目の前に大人が立っていて、何も見えなかったのが、視界が開け、正面のミケーレ神父の写真を見上げることになった。

すると、その女の子がパッと明るい笑顔になって、

「パパだ！」

と、大きな声で言ったのである。

女の子はミケーレ神父の写真を指さして、

「どうしてパパがここにいるの？」

と、母親の方へ訊《き》いた。

誰もが、その親子の方へ目をやった。

母親はあわてていた。献花台へ花を投げ出すように置くと、

「帰りましょう！　さあ」

と、女の子の手を引いて、逃げるように講堂の出口へと急いだ。

しかし——講堂は大きい。出口へ行き着く前に、目ざといTV局のカメラがその親子を捉えていた。

そして、マイクを手にしたリポーターがその二人を取り囲んでしまったのだ。

「ミケーレ神父とはどういうご関係ですか？」

と、女性リポーターの甲高《かんだか》い声が響く。

「知りません！　通して下さい！」

と、その女性は人をかき分けようとしたが、その間に他のリポーターが、

「ね、あの写真の人、知ってる？」

と、子供の方へ訊いていた。

「うん」

女の子は無邪気に肯《うなず》いて、

「私のパパよ」

と答えた。

講堂内は騒然となった。学生たちが立ち上がって、親子を見ようとする。

「何とかしなきゃ」

エリカは見かねて立ち上がると、

「千代子、みどり、後で表で待ってて」

と言っておいて、人をかき分け、一気に駆け抜けて、あの親子を抱き上げると、猛然と講堂から飛び出したのだった……。


TVの画面に、あの親子が映っている。

ミケーレ神父の〈学園葬〉で、マスコミに取り囲まれて立ち往生《おうじょう》しているところだ。

「関係者の話によりますと」

と、キャスターが言っていた。

「問題の女性は永田小百合《ながたさゆり》さん。以前、S女子大の事務室に勤務していて、ミケーレ神父とも親しかったそうです。永田さんは今から九年前にS女子大を辞めており、その後は大学関係者ともあまり付き合いがなかった模様です。今日永田さんの連れていたのが本当にミケーレ神父の実子かどうか不明ですが、教会側は『事実が分からない以上、コメントできない』と、困惑を隠せない様子です……」

そのTVを見て、ため息をついているのは、当の永田小百合。

「申し訳ありません、お騒がせして」

と、クロロック夫婦へ詫びる。

エリカが、マスコミの包囲の中から、親子を連れ出し、結局自分の家へ連れてきたのである。

夕食を一緒にとり、今、女の子——ユリエは他の部屋で虎《とら》ちゃんと遊んでいる。

「あんたが謝ることはない」

と、クロロックは言った。

「騒ぐ方がどうかしておる。何の関係もないのにな」

「迷ったんです。あそこへ行ったものかどうか。——でも当然、教会での葬儀には出られませんでしたし、花一輪、あげられずに……。せめて、と思ったのですが、こんなことになってしまいました……」

「それで——」

と、涼子《りようこ》が訊いた。

「あのユリエちゃんは本当に……」

少しためらってから、永田小百合は肯いた。

「はい。ミケーレさんの子です」

「そうでしたか……」

「私が、長いこと付き合っていた男性と、ひどい別れ方をして絶望しているとき、ミケーレさんが親身になって話を聞いてくれたんです。ミケーレさんも、長く日本に一人でいらして、寂しかったのだと思います」

「分かります」

と、エリカが言った。

「身ごもったと知ったとき、別れて一人で産もうと思ったのですが、ミケーレさんは『人間として責任がある』と言って……」

永田小百合は涙を拭って、

「『いずれ罰が下っても、私は後悔しないよ』と、ミケーレさんは言っていました」

小百合は首を振って、

「雷に打たれた、と聞いて、私は自分のせいであの人に天の罰が下ったのかと恐ろしくなりました。——申し訳なくて、あの人に……」

クロロックが強い口調で、

「そんなことはない！」

と言った。

「人を愛したことで罰を受けるはずがない！　もしそうなら、そんな神が間違っておるのだ！」

クロロックの言葉に、小百合は微笑んで、

「ありがとうございます！」

と、頰を染めた。

「そのお言葉が何より嬉しいです」

「こうなったら、何としてもミケーレ神父の死の真相を探り当てなくてはならんな」

と、クロロックは言った。

隣の部屋からは、虎ちゃんとユリエの明るい笑い声が聞こえてきていた……。

宣告

「あ、ミケーレさんの」

と、すれ違った奥さんたち四、五人が一斉に振り返って、

「頑張って下さいね！」

と、声をかけた。

「どうも……」

永田小百合《ながたさゆり》はちょっと頭を下げた。

「放っといてくれりゃいいのにね」

と、大月千代子《おおつきちよこ》が苦笑した。

「何日間かのことよ。すぐ忘れるわ」

と、エリカが言った。

「あ、このレストランだ」

エリカは、千代子、みどりと一緒に、あの永田小百合、ユリエ親子を連れて、クロロックがよく通うレストランへやってきた。

「よく通う」といっても、食事はできるだけ家でとっている「マイホーム型」のクロロックだ。ここは専《もっぱ》ら仕事で利用。それもランチが多い。

今夜は珍しく夕食を一緒にとることになった。

あの騒ぎから一週間、小百合とユリエの身辺も大分静かになった。

小百合はクロロックの言葉に勇気づけられて、逃げ隠れせず、堂々と記者会見を開いて、

「ミケーレさんを心から愛していました」

と言ったのである。

「ミケーレさんも、私を愛してくれました。もし今度のことで、責められるとしたら、すべては私が甘受します」

その毅然《きぜん》とした態度は、TVを通して人々を感動させた。前の日まで、面白半分に〈神父の愛人の素顔〉などと書き立てていた週刊誌やスポーツ紙も、てのひらを

返したように、

〈純愛を貫いた聖職者と未婚の母！〉

といった調子に一変したのだ。

「――お招きいただいて」

奥のテーブルで、クロロックが待っていた。

「いやなに、会社の接待費が少々余っておってな……」

「それを言わなきゃいいのに」

と、エリカが苦笑した。

「みどりがいますから、使い切っちゃうかもしれませんよ」

と、千代子が言った。

「失礼ね。私だって、少しは遠慮ってことを知ってるわよ」

と、みどりが腰を下ろして、

「でも、今日は遠慮しなくていいんでしょう？」

にぎやかに食事が始まる。

しかし、クロロックにしろエリカにしろ、永田小百合とユリエのことはともかく、ミケーレ神父がなぜ死んだかは、今も分からないままで、それは引っかかっていた。

まあ、食事の席で、しかもユリエがいるのだから、そんな話はできない。

一流と言われるレストランだが、メニューが色々あって、ユリエのような子供でも困ることがない。ユリエも、

「おいしい！」

と、喜んで食べていた。

そのうち——少し離れたテーブルが、いやにうるさくなってきた。

酔って大声で笑ったり、ウェイトレスを呼びつけて写真を撮ったり。

「あの人……」

と、千代子が言った。

「古川貞夫《ふるかわさだお》だ」

「ああ。どこかで見たことあると思った」

と、みどりも肯《うなず》く。

「古川貞夫って、あの株で大儲《おおもう》けした人？」

と、エリカは言った。

「そうそう、三日間で何十億円とか」

と、みどりはすっかり興味津々の様子。

「確か、私たちとそう違わない。二十三、四よね」

古川貞夫は大学生である。パソコンに詳しく、株の取引で莫大な金額を手に入れ、たちまちマスコミの人気者になった。

古川は、スラリとした長身の女性を連れていた。

「モデルさんかしら」

と、小百合が目を丸くして、

「よく、あんなに細くなれるもんですね」

「有名なモデルだわ」

と、千代子が考えて、

「──そう。マリナだ。確か、マリナ、って名のファッションモデル」

テーブルには、高そうなワインが三本も並んでいる。

しかし、いくら金持ちで有名人だとしても、公《おおやけ》の場である。話す声が大き過ぎて、他の客の迷惑になるのでは……。

するとウェイトレスの一人が、古川のテーブルへ行って、

「今、これをお渡ししてくれと」

と、折りたたんだメモを古川へ渡した。

「ありがとう」

古川はメモを開けて中を読むと、面食らったように目をパチクリさせていたが、やがて、大声で笑い出した。

そして、立ち上がると、

「こいつは傑作だ！　みんな、聞いてくれ！」

と、店中に聞こえる声で言った。

「今、こういうメモが来た。〈汝《なんじ》は神の意志にそむいた。天罰が下ると覚悟せよ〉だって！」

「まあ……」

と、小百合が眉をひそめる。

「天罰か！　やれるもんならやってみろ、ってもんだ」

古川はマリナの方へ、

「おい、帰ろう」

と言った。

「車はだめよ。酔ってるんだから」

と、マリナが、たしなめるように言った。

「平気だよ、これくらい」

シルクの派手なスーツを着た古川は、少し舌がもつれている。

「だめよ。捕まっちゃうわ」

「いいさ。罰金払やいいんだろ？　五十万か？　百万？　痛くもかゆくもない。俺の口座には今、百億入ってるんだ。何ならパトカー一台、買い取っちまうか」

モデルのマリナも、いい加減うんざりした様子で、

「私、あなたと心中なんてごめんよ。運転するなら、一人で帰って」

「そうか……。じゃ、そうしよう」

古川は肩をすくめると、

「それじゃ！　マリナ、また電話するよ」

「もうかけてこなくていいわよ」

と、マリナは冷ややかに言った。

「――おい、車を回せ！」

と、古川が大声で言いながらレストランを出ていく。

「お騒がせしました」

と、残ったマリナが、店の客たちへ謝って、

「タクシーを呼んで」

と、ウェイターに頼んだ。

「――いくら金持ちでも、あんなのはいやね」

と、みどりもさすがに顔をしかめている。

「でも……〈天罰が下る〉なんて、いやな手紙」

と、小百合が言った。

すると、クロロックが立ち上がって、

「ちょっと失礼する。――エリカ」

「え？」

促されて、エリカは父についてレストランの入り口の方へ向かった。

「どうしたの、お父さん？」

「うむ。今のメモが気になってな。もしかすると――」

と、クロロックが言いかけたとき、表で何かが激しくぶつかる音がして、一瞬、二人は顔を見合わせた。

クロロックとエリカが外へ飛び出してみると――。

レストランから二十メートルほどの所に、真っ赤なスポーツカーが停まっていた。

しかし、ただ「停まっていた」のではない。

大きな鉄筋が、スポーツカーを押し潰していたのである。車の周囲には、飛び散ったガラスが雪のように広がっていた。

「――まあ」

音にびっくりして出てきたのか、マリナがその赤いスポーツカーを見て、息を呑んだ。

「あれは、古川何とかという男の車かな？」

と、クロロックが訊《き》く。

「そうです……」

マリナが呆然と肯く。

クロロックとエリカは車へと近寄った。

車は完全に潰れ、中の古川も、生きていないとすぐに分かった。

「工事現場だね」

と、エリカは目の前のビルの建設現場を見上げた。

「今回は天もずいぶん分かりやすい手を使ったものだな」

と、クロロックは言って、駆けつけてきたレストランのマネージャーに、

「一一〇番しなさい。救急車も、もう無用だろうが呼んでくれ」

と言った……。

天の声

いくら大学生だって、そうヒマじゃないんだよ。

——エリカは、いささか不平を言いたかった。

父が忙しいのは、まあ結構なことかもしれないが、代わりに頼まれるのが、「お葬式に出ること」では、あまり楽しくない。

しかも、クロロックの所へよく出入りしていた若い女性社員が、恋人に殺されたとあっては……。
八十、九十歳の長寿を全《まっと》うしたのとは違って、お葬式自体、沈んだ雰囲気である。
——林加奈子《はやしかなこ》。まだ二十五歳だった。

明るい笑顔が、正面に飾られている。

早く着いてしまったので、エリカは親族席のすぐ近くに座って、お経を聞くことになった。

写真を見上げると、父の会社で何度か見かけたことがあると思い出した。クロロック商会に出入りしている小さな会社のOLで、品物や書類を届けるおつかいも、営業の仕事も、何でもこなしていた。

エリカも二、三度口をきいたことがあるが、決して妙にご機嫌を取ったりせず、裏表のない、気持ちのいい女性だった。

あんないい人が、二十五歳という若さで……。しかも付き合っていた男に殺されてしまったのだ。

林加奈子がここ二年ほど付き合っていた安田《やすだ》という男が、他の女との別れ話のもつれを加奈子に責められたとかで、加奈子の首を絞めて殺してしまった……。

犯人の安田久士《ひさし》は、加奈子のアパートの隣人に顔を見られて、逃げ出し、今も逃亡中である。

付き合う相手も選ばなきゃね……。

恋愛に関して、あまり自信のないエリカは、つくづくそう思った。

お焼香が始まり、エリカはホッとした。

殺された林加奈子の家族など、悲嘆にくれて、見ているのが辛かった。

焼香の列に並んでいるとき、エリカは黒いスーツとネクタイの若い男性を見て、

「あれ？」

と思った。

外へ出て待っていると、その男が出てくる。

「──池下《いけした》さん？」

と、エリカは声をかけた。

「え？　ああ……。ミケーレ先生の……」

「神代《かみしろ》エリカです」

「そうそう。この間はどうも」

と、S女子大のガードマン、池下は言った。

「エリカさん、どうして……」

「林加奈子さんが父の会社によくみえていて。──池下さんは？」

「林君とは同じ大学でして。同じクラブの後輩だったんです」

「まあ……」

「二年間一緒だったかな。明るくて、誰にも好かれる子でしたが」

「そうですか……」

「この年で、自分より年下の子の葬式に出るなんて、いやなもんですね」

と言って、池下は、

「それじゃ、また」

と行きかけたが、数歩行った所で足を止めた。

「驚いたな」

「どうしたんですか？」

「あそこに立ってる女、分かります？」

指さす方を見ると、木立のかげに隠れるようにして手を合わせている黒いスーツの女性。老けて、髪はほとんど白くなっている。

「知ってる人？」

「林君を殺した安田久士の母親ですよ」

「へえ……」

「僕はたまたま林君が安田親子と一緒に食事している所に行き会ったことがあって

ね。――母と息子、二人暮らしだったから、息子が殺人犯になって逃亡中じゃ、母親は辛いでしょう」

「それで、ずいぶん老け込んでるんですね」

むろん、被害者の家族に顔を合わせられないので、こうして外から祈っているのだろう。

深々と頭を下げて立ち去る母親を見送ってから、池下は、

「それでは」

と、エリカに会釈《えしゃく》して足早に行ってしまった。

「ふしぎな縁だな」

と、クロロックはエリカの話を聞いて言った。

「ねえ。でも、母親も気の毒だったわ」

と、エリカは食事の後片付けを手伝いながら言った。

「おや、電話だ」

クロロックのケータイが鳴った。

「──もしもし。──これはどうも。今日は伺《うかが》えず申しわけない。──何です?」

クロロックは眉をひそめた。

「それはまた……。何かお役に立てますかな?」

何ごとだろう。──エリカはクロロックの様子をじっと見ていた。

「──分かりました。行ってみましょう」

クロロックはそう言って切った。

「どうしたの?」

「うむ。──あの林加奈子君の父親からだ」

「何の用事?」

「逃げている安田久士から、仏前に線香を上げたいと言ってきたというんだ」

「へえ」

「両親としては、安田久士に自首してほしいと言うんだ。ちゃんと罪を償ってほしいと」

「偉いね」

「だが、実際に安田を目の前にしたら、どうするか分からないと言うんでな。両親は家を留守にするから、安田と会って、説得してほしいと頼んできた」

「どうするの？」

「行かずばなるまい」

クロロックは立ち上がって、

「お前も来たいだろ？」

「素直に、『行ってくれ』って頼めば？」

と、エリカは言った。


「――この家だな」

クロロックは、〈林〉の表札を見て、玄関のドアを開けた。

鍵はかかっていない。明かりは点いているので、二人は上がった。

「居間に写真とお骨があるそうだ」

明るい居間を覗くと、香の匂いが立ちこめて、林加奈子の写真と、遺骨が置かれていた。

「ここで待つの？」

「仕方あるまい」

と、クロロックはお線香を上げると、ソファに腰をおろした。

しかし、長く待つことはなかった。

十五分ほどすると、玄関の方で音がして、

「失礼します……」

と、男が顔を覗かせた。

「安田久士君か」

「はあ。——林さんがおっしゃっていました。クロロック……さんですね」

「これは娘のエリカだ」

「彼女から、あなたのことは聞きました。本当に吸血鬼のようなスタイルなんですね」

「まあな。——ともかく、お線香を上げてはどうだ」

「ええ。ありがとうございます」

安田久士は、逃亡生活の疲れか、大分やつれてはいたが、礼儀正しく、林加奈子の遺影に手を合わせた……。

クロロックはじっと安田を見ていたが、

「――気が済んだか」

「はい。ご両親には本当に申しわけないとお伝え下さい」

立ち上がろうとする安田へ、

「まあ待ちなさい」

と、クロロックは言った。

「我々は警察ではないから、君を逮捕しようとは思わん。しかし、君と話をしてほしいと頼まれている」

「はあ、それは……」

「ご両親は、君にぜひ自首してほしいとおっしゃっている。私もそうしてほしい」

「お気持ちは感謝します。しかし、それはできません」

「なぜだ？」

「いえ、それは……」

と、安田が口ごもる。

「もしかして、君は――」

と、クロロックが言いかけるのを、

「失礼します！」

と遮《さえぎ》って、安田はパッと立って、居間から駆け出していった。

「お父さん……」

「追いかけよう」

「うん」

二人が、安田を追って玄関を出たときだった。

バン、と鋭い音が静寂《しじま》を破った。

「銃声？」

「いかん！」

二人が道へ出ると、数メートル先に安田が倒れていた。

クロロックが駆け寄って抱き起こす。

「弾丸は貫通しているが、出血がひどいな」

安田は意識がない。クロロックは傷口に手をかざすと、エネルギーを傷口に集中した。ジリジリと音がして、傷口の血が固まる。

「体内の出血は止められん。エリカ、この近くの病院は？」

「ええと……。N大病院が、さっきの駅の反対側だよ」

「よし、行くぞ！」

クロロックが安田の体を抱えると、猛然と走り出した。エリカもあわてて追いかける。

――人間とは格段に違うスピードで走ることのできる二人、信号を無視、車の屋根を飛び石のように飛んで、アッという間に病院の救急受付へ着いた。

「銃で撃たれたんです！」

と、エリカが窓口で怒鳴ると、受付の看護師が仰天して椅子から落っこちた。

母と子

「安田洋子《やすだようこ》と申します」

林加奈子《はやしかなこ》の葬式で、外から手を合わせていた女性である。

「久士《ひさし》はどんな具合で……」

「今、治療中です」

と、クロロックは言って、〈手術中〉の赤い表示へ目をやると、

「弾丸は心臓をそれている。出血でやられなければ……」

「そうですか」

安田洋子は、疲れた様子で長椅子に腰をおろした。

エリカが穏やかに訊《き》いた。

「お電話したとき、息子さんが撃たれたことをご存知でしたね。どうして知ったん

です?」

「その少し前に電話が」

「誰からです?」

「分かりません」

と、洋子は首を振って、

「女の声でした。『天があなたの息子に罰を下したのです』と……」

「女の声?」

「ええ。聞いたことのない声でした」

クロロックは長椅子に洋子と並んで腰をおろすと、

「銃の傷だし、警察がもうじき駆けつけてくるだろう。今さら息子さんも逃げられん」

「ええ……」

「警察が来る前に話をしたい。——なぜ息子さんは逃げているのかね?」

「なぜ、とは?」

洋子は当惑したように訊き返した。

「わざわざ線香を上げに来たりしないだろう、自分が殺したのなら。本当なら、とっくに自首していると思うが」

「それは……」

「思うに、息子さんは一人で遠くへ逃げて、人知れず死ぬつもりだったのではないかな」

と、クロロックは言った。

「もし捕まれば、供述に矛盾が出てきて、本当のことが分かってしまう、と心配していたのだろう」

「本当のこと……」

「林加奈子君を殺したのは、お母さん、あなただ」

洋子はポカンとして、クロロックを眺めていた。

クロロックは続けて、

「息子と二人の暮らしに、加奈子君が割り込んでくるのが、あなたは許せなかった。彼女に、息子と別れろと話をしに行って拒まれ、首を絞めて殺した」

聞いていたエリカが息を呑んだ。

「そこへ息子さんが駆けつけてきたが、あなたは呆然自失の態《てい》で、何が起こったかも分かっていない様子だった。息子さんは、あなたを逃がし、それから自分はわざと近所の人に見られて逃走した」

洋子は、無表情でクロロックの話を聞いていたが、

「私は夢を見たんです」

と、ひとり言のように言った。

「あの女の子を殺したいとずっと思っていたので、本当に首を絞める夢を見て……。久士は言ったんです。『母さんは夢を見たんだよ』と。『殺したのは僕だ』と……。あの子は嘘をつかない子でしたから……」

「あなたの罪を、息子さんは引き受けたのだ」

「私の罪？」

洋子は、言われていることがよく分かっていない様子だった。

エリカとクロロックは少し離れた所へ行って、

「母親が犯人？」

「ああ。しかし、おそらく治療が必要な心の病なのだろう。安田久士は、母が犯人

として取り調べられたりすることが耐えられなくて、自分で罪をかぶったのだ」

「それなら分かるわね」

と、エリカは肯《うなず》いて、

「でも、それを『天罰だ』と言ってきたのは？」

「うむ。――心当たりはないこともない。ここはもう用はないだろう。行くか」

と、クロロックは言った。


「ここって……」

エリカは当惑して、

「ミケーレ神父の住んでた所でしょ」

「ああ。――神父以外の仕事も多かったからな」

ミケーレ神父はごく普通の一軒家に住んでいたのである。

「横井《よこい》さん、まだいるのかしら」

「たぶんな。――おい、何か匂わんか？」

と、クロロックは緊張した面持ちで言った。

「血の匂い？」

「これはいかん」

クロロックがちょっと力を入れると、玄関のドアは簡単に開いた。

「横井さん！　いるかな？」

クロロックは上がり込んで、正面の戸を開けた。エリカも覗き込んで、

「まあ！」

と、声を上げた。

床に倒れて血だらけになっていたのは、ガードマンの池下《いけした》だった。

「池下さん！　しっかりして！」

エリカが呼ぶと、池下はかすかに動いて目を開けた。

「エリカ……さん？」

「今、救急車を呼ぶからね！」

「いや……。僕のことは……もういい」

と、池下はとぎれとぎれの声で、

「止めてくれ……。母を」

「お母さん？」

クロロックが膝をついて、

「横井今日子《きようこ》は君の母親だったのだな」

と言った。

「ええ……。母は……父に追い出されて、旧姓を……」

「そうか。――ミケーレ神父は落雷で亡くなったのだな。しかし、横井今日子はそれを天罰だと信じていた」

「お父さん、天罰って……」

「ずっとミケーレ神父の世話をしてきて、彼女は神父の妻のような気持ちでいた。ところが、永田小百合《ながたさゆり》との間に子供までいると知って、そのショックでどうかなってしまったのだ」

クロロックは池下の傷を見て、

「これはもうどうしようもないな。――撃たれたのか」

「母が……僕の拳銃を……」

「古川貞夫《ふるかわさだお》を殺したのも、安田久士を撃ったのも君か」

「母に言われて……。やらなければ、母が手を下そうとしたでしょう……」

「間違いだぞ。安田久士は母親の罪をかぶったのだ」

「では……」

池下は呻《うめ》いて、

「母を……止めて下さい！」

と、最後の力を振り絞って、クロロックの腕をつかんだ。

「母親はどこへ行ったのだ？」

「永田さんの所へ……。あの女にも天罰が下るべきだと……。僕が拒むと、拳銃を奪って僕を撃ったんです……」

「小百合さんが危ない」

エリカは立ち上がった。

「母を……止めて……」

池下の体から力が抜けた。

「死んだ。──さ、急ごう」

二人は外へ飛び出した。

永田小百合のアパートへ駆けつけたとき、周囲は人だかりがして、大騒ぎになっていた。

「――どうしたのだ？」

クロロックが警官を捕まえて訊くと、

「銃を持った女が、永田小百合の娘を人質にしてたてこもっているんです」

「ユリエちゃんが……」

エリカは青ざめた。

「お父さん！　小百合さんが――」

永田小百合がアパートの外で泣いている。

クロロックが駆け寄ると、

「クロロックさん！　あの子を助けて下さい！」

と、小百合はクロロックにしがみついた。

「横井今日子だな。中にいるのか」

「私が、他の部屋へ回覧板を持っていっている間に、中へ入って――。どうしてあの子を……」

　TV局もやってきて、辺りは真昼のように明るくなっている。

「出てきた！」

　と、エリカが言った。

　アパートのドアが開いて、外廊下になった二階に、横井今日子が現れた。

　左腕でしっかりユリエを押さえつけ、そのこめかみに銃を押し当てている。

「やめて！」

　と、小百合が叫んだ。

「その子に何の罪があるの！」

「この子は罪の子よ」

　と、今日子が言った。

「生涯罪を背負って生きるより、今死ぬ方が幸せだわ」

「罪を犯したのは私よ！　殺すなら私を殺して！」

　と、小百合は精一杯叫んだが、

「殺すだけじゃ足りないわ。あのミケーレさんを誘惑して、罪の中へ引きずり込んだ。悪魔の手先だわ！」

今日子の目は憎しみにギラギラと光っていた。

「冷静に話せる状態ではないな」

と、クロロックは言った。

「どうする？」

「うむ……」

クロロックも、銃口がユリエに押し当てられているのでは、下手に手出しはできない。

現場の周辺はさらにTV局の中継車がやってきて、ますます混乱している。

クロロックは、現場のリポートをしている女性キャスターを捕まえると、

「頼みがある」

「は？　私、忙しいので……」

「大丈夫。君は力になってくれる！」

クロロックと目が合うと、女性キャスターはフラッとよろけた。催眠術にかかったのだ。

「はい……。どんなことでも……」

と、素直に肯く。

「ありがたい！　すぐ局へ連絡して——」

クロロックの言葉に、女性キャスターは、

「分かりました！　お任せ下さい！」

と、すっかり張り切っている。

他のスタッフが面食らっている中、女性キャスターは局へ電話して、立て板に水としゃべりまくった……。

十分で、局の車が駆けつけてきた。

「急いで！」

と、女性キャスターにせかされ、スタッフが、

「ここでやっていいの？」

「いいのよ！　ぐずぐずしてないで！」

「分かったよ……」

クロロックが合図すると、アパートを照らし出していた照明が一斉に消えた。

「――何なの！」

と、今日子が叫んだ。

「何を企《たくら》んでるの！」

そのとき、空中に白い光が見えたと思うと、それは巨大な十字架の形になった。

「まあ……」

今日子が愕然《がくぜん》とする。

「私の声が聞こえるか」

と、遠くからこだまのように声が響いてきた。

「主よ……」

夜空にくっきりと十字架が浮かび上がった。

「神は愛である。罰するのはお前の役目ではない」

と、声は言った。

「はい……」

「お前は赦《ゆる》し、愛すればいいのだ」

「私は……愛していました……。ミケーレ神父様を……」

「その人の子を殺して、ミケーレが喜ぶと思うか。その子を離してやれ」

「はい……」

今日子の体から力が抜け、ユリエがその手から逃れて駆け出した。

「ユリエ！」

小百合が娘へと駆け寄る。

銃声が響いた。

横井今日子が、ゆっくりと崩れ落ちる——自らの胸を撃ち抜いたのだ。

小百合がユリエを抱きしめて泣いた。

「これが母というものだ」

と、クロロックが呟《つぶや》いた。

「ご苦労だった」

周囲が明るくなる。——暗くしてスモークをたき、レーザー光線で十字架を投射したのだ。

「やれやれ……」

クロロックもさすがに汗を拭《ぬぐ》って、

「吸血鬼が神の声をやったのは、きっとこれが初めてだな」

と言った。

「そうだね」

とエリカは肯いて、

「でも、家でもう一人の『神の声』が待ってるよ」

「そうだ！　早く帰らんとな。――行こう」

クロロックはあわてて駆け出していった。

解　説

池《いけ》上《がみ》冬《ふゆ》樹《き》

小説の書き方は実にさまざまであり、たくさんのハウツー本が出ている。

たとえば、昨年（２０２０年）三浦《みうら》しをんの『マナーはいらない　小説の書き方講座』（集英社）が出た。ＷｅｂマガジンＣｏｂａｌｔに連載された「小説を書くためのプチアドバイス」をまとめたものであり、長く「Ｃｏｂａｌｔ」の選考委員を担当した三浦しをんは応募原稿に対するコメントをつけながら、推敲《すいこう》、枚数感覚、短篇の構成、人称、比喩表現、台詞、タイトル、登場人物などについて基本からわかりやすく語っている。Ｃｏｂａｌｔのノベル大賞や短編新人賞の応募者向けに語られているので初心者には最適の内容だが、ベテランの作家志望者にもためになり（たとえば台詞篇で示された、多人数の会話を乗り切る「藤沢周平《ふじさわしゅうへい》」戦法と「宝塚戦法」戦法がおかしくも理に適《かな》っているなど学びがたくさんあり）、何が自分にとって足りないのか問題なのかを再確認させてくれる。

海外の文献では、やはりディーン・R・クーンツの『ベストセラー小説の書き方』（朝日文庫）だろう。マニアックなところもあるが、ひじょうにわかりやすく、題材も多岐にわたり、自分の小説を引用しながら、どう書けばいいのかを具体的に教えてくれる（とくに参考になるのがヒーロー・ヒロインの造形、人物の動機づけなど）。アメリカの出版業についても語っているところがあり、そのあたりがやや時代的に古びている点もあるが、それでもいまだにハウツー本のナンバーワンの地位は揺るがないと思う。

世界的な大ベストセラー作家スティーヴン・キングの『書くことについて』（小学館文庫）も名著。キングは「ストーリーというのは地中に埋もれた化石のように探しあてるべきものだ」（217頁）と考えていて、プロットを決めて小説を書くことができない人向けに、ちょっと変わったアプローチ（おもに「もしも……ならばどうなるのか？」と状況設定から考える）からストーリーを練り上げる方法を伝授していて秀逸だ。

日本に目を転じるなら、やはり日本推理作家協会編の『ミステリーの書き方』

(幻冬舎文庫)だろう。この本、タイトルにミステリーとあり、ミステリーに限定した書き方の本に見られているが、そうではない。読者を夢中にさせ、驚かせ、感動させるにはどうすべきなのかという普遍的なテーマが説かれてあり、作家志望者は必読である。森村誠一《もりむらせいいち》、小池真理子《こいけまりこ》、逢坂剛《おうさかごう》、大沢在昌《おおさわありまさ》、宮部《みやべ》みゆき、東野圭吾《ひがしのけいご》、綾辻行人《あやつじゆきと》、今野敏《こんのびん》、恩田陸《おんだりく》など錚々《そうそう》たる作家たちが自ら培《つちか》った方法と創作法をおしげもなくさらしている。中でも印象的なのは、伊坂幸太郎《いさかこうたろう》の「書き出しで読者を摑め!」、横山秀夫《よこやまひでお》の「作品に緊張感をもたせる方法」、北方謙三《きたかたけんぞう》の「文体について」、黒川博行《くろかわひろゆき》の「セリフの書き方」である(詳しくは後述)。

本書の赤川次郎も「手がかりの埋め方」と題して伏線の張り方について語っている。『マリオネットの罠』『三毛猫ホームズの推理』などの長篇のほか、短篇「幽霊列車」について、いかに手がかりを埋めて、読者に無理なくあとで気付いてもらったかを簡単に分析している。ファンのかたはぜひとも本文にあたってほしいが、個人的に面白く感じたのは、次のような文章である。

「八年ほど公募新人賞の選考委員をやってみて思ったのですが、小説として面白いものがとても少ない。読んでて疲れちゃうんです。自分が書いているものに対する愛着があるんだろうかと疑問に感じます。

登場人物を愛さないといいものは書けないと思うのですが、そういう愛情が感じられない。技術的にたいしたことがなくても、登場人物が生き生きと書けているほうがいい。主人公が印象に残らない小説は駄目ですね」

これは新人賞を狙う人ばかりではなく、小説家を志すすべての人にいえることだろう。右の文章のあと、「いかに世界をつくりあげるかが重要で、小説の中でしか成立しないトリックでもかまわないと思います」とも語っているが、これも同感。物語の世界がしかと作り上げてあれば、現実に存在しなくても人はリアリティを感じるものである。大事なのは、人物を愛し、生き生きと動かすことであり、小説として面白いものにならなくてはいけないということである。

ということで、本書『吸血鬼は殺し屋修業中』である。二〇二一年四月現在、シリーズは三十八冊を数えているが、本書は第二十五作にあたる。まさに作者が愛してやまないシリーズであり、人物たちは生き生きとした存在感を放つ。現実に存在しなくてもリアリティを感じさせるし、何よりも小説として面白い。

まず、冒頭に置かれたのは表題作「吸血鬼は殺し屋修業中」。神代《かみしろ》エリカの女友達、女子大生のみどりがデートの後に忘れ物に気付き、公園へ引き返すと、そこに拳銃をもつ恋人がいた。恋人は殺し屋だったのだというショッキングな書き出しで始まるが、この驚きとひねりが、最後まで持続していて面白い。

二番目に置かれてあるのは「吸血鬼の秘湯《ひとう》巡り」。山の中の秘湯の温泉宿を家族とともに訪れたエリカは、ある不倫カップルを目撃する。やがて殺人事件が起きて……と展開が早い。不倫関係を正面から糾弾せずに、そういう男女関係もあると見つめるところが興味深い。もちろん糾弾する側もされる側にも問題があり（それについて進言する少女の存在が大きい）、揺れ動く倫理観も興味深い。

三番目に置かれてあるのは「吸血鬼は怒りの日に」。七十過ぎのイタリア人神父の変死から始まる。隠し子もあらわれて、複雑な人間関係も見えてきて、予想外の事件が起こる。三本の中ではもっともひねりもあり、劇的な展開をたどる。

三本を読んで感じるのは、赤川次郎のデッサンの力だろう。力強い線で描いていく。展開はスピーディで、無駄がなく、次々と読者の予想をこえる事件が起きて新たな局面をむかえる。目が離せないのである。

吸血鬼シリーズといいながらも、主人公のエリカやクロロックの視点で語るのではなく、脇役たちの視点から事件を物語り、あくまでも事件解決者として最後のほうで力を発揮する。しかも、吸血鬼という設定もいたずらに使わずに、ほぼ人間の力で乗り切るのも、読者がついてこれる点だろう。もちろん要所要所で、吸血鬼だからという特殊能力（本書では傷口をかためたり、ものすごいスピードで駆け抜けたり、催眠術で落としたりなど）も提示されてニヤリとするけれど。

作家の性《さが》といっていいが、どうしたって書き込むし、人物を装飾したくなる。余計な説明を入れて過剰に語りたくなるのだが、作者は一切それをしない。ジュブナイルだからそれでいいのだが、しかし、ここまで簡素化することは普通できない。抑えた筆致で済ますことができるのは、長年の鍛練のたまものだろう。

さきほど『ミステリーの書き方』で伊坂幸太郎、横山秀夫、北方謙三、黒川博行の担当項目がいいとお伝えしたが、実は彼らが語る独自のノウハウが、本書を含む赤川次郎の長所にあてはまるからだ。

具体的には、伊坂幸太郎は「書き出しで読者を摑め！」で、「プロローグ」を使うな、〝動き〟のある場面、物語が転がりだす場面から始めよと述べている。伊坂幸太郎がいっているのは長篇なので、「プロローグ」云々《うんぬん》は本書収録の短篇にはあてはまらないと思うかもしれないが、要は「冒頭で読者を驚かせること」であり、「プロローグ」を省いて「いきなり読者を巻き込んじゃおう、と意識する」ことである。本書三作の中では特に表題作が冒頭から〝動き〟が顕著で、物語が転がりだす場面から始まっている。いきなり読者を巻き込むという意識が強く、読者は息つく暇もなく読み終えてしまうだろう。

横山秀夫は「作品に緊張感をもたせる方法」で、冒頭で主人公の心を鷲摑みにする出来事＝主人公にとって最も起きてほしくない出来事を起こす、と語っている。「主人公に強烈な負荷をかけて一気に物語の緊張感を高める」と小説作法の極意を語っている。これなどは、やはり表題作にあてはまるだろう。主人公ではないが準主役の恋人が実は殺し屋だったというのは最も起きてほしくない出来事であり、処理して下ろさなくてはいけない負荷となる。つまり人物も、事件設定も、決して傍観者としてののんびり見つめるものにせず、事件の当事者として渦中で動きまわれ、ということでもある。そこから作品に緊張感が生まれるのである。

北方謙三は「文体について」で、厳密に言葉を選び、三行書くところでも一行で済ます、無闇に形容詞を使うな、形容詞は読者の頭の中にあり、それを引っ張りだすような文章を書けといっている。これは赤川次郎の文体にもいえるのではないか。一行に短くまとめ、形容詞なども省略して、読者の頭の中に浮かぶような書き方をしている。

そして黒川博行は「セリフの書き方」で、説明的ではないできるだけ自然な会話を短い文章で作れ、台詞を通じて登場人物の性格を描けと強調している。これなども赤川作品の会話の魅力につながるだろう。余計な説明をまったく入れずにすいすいと、短い台詞のやりとりで自《おの》ずと人物の性格をのぞかせるような書き方をしている。うまいものである。

以上をまとめるなら、①動きのある場面・物語が転がりだす場面から始める、②主人公（人物）にとって最も起きてほしくない出来事を起こす、③三行書くところを一行で済ます、④形容詞は読者の頭の中にあるから、それを引っ張りだすような文章を書く、⑤説明的ではない短い文章の会話を作る、⑥登場人物の性格を台詞で描く、となるだろう。それぞれの作家が金科玉条としていたものが、赤川次郎の作品に集約されている。いうまでもないが赤川次郎のデビュー（一九七六年、オール讀物推理小説新人賞受賞作「幽霊列車」）がいちばん早い。北方謙三は一九七〇年に「明るい街へ」（「新潮」掲載）で純文学作家としてデビューしているが、一般的には一九八一年の『弔鐘はるかなり』をひっさげてのエンターテインメントの作家としてのデビューを考えるべきだろう。

小説として面白いものを読みたい人も、小説を書いてみたい人も、赤川作品を読むといいだろう。簡潔にテンポよく語られているなかにぎっしりと創作方法のあるべき理想が詰まっているからである。

（いけがみ・ふゆき　文芸評論家）

この作品は二〇〇七年七月、集英社コバルト文庫より刊行されました。

赤川次郎の本

東京零年

巨大な権力によって闇に葬られた事件。その真相を追う若者たちの前に、公権力の壁が立ち塞がり……。巨匠が今の世に問う、渾身の社会派サスペンス。第50回吉川英治文学賞受賞作！

集英社文庫

吸血《きゅうけつ》鬼《き》は殺《ころ》し屋《や》修業中《しゅぎょうちゅう》

2021年6月25日　第1刷
2022年2月12日　第2刷

定価はカバーに表示してあります。

著　者　赤川《あかがわ》次郎《じろう》

発行者　徳永　真

発行所　株式会社　集英社
東京都千代田区一ツ橋2-5-10　〒101-8050
電話　【編集部】03-3230-6095
【読者係】03-3230-6080
【販売部】03-3230-6393(書店専用)

印　刷　大日本印刷株式会社

製　本　大日本印刷株式会社

フォーマットデザイン　アリヤマデザインストア　　マークデザイン　居山浩二

ISBN978-4-08-744265-6 C0193